[illegible]

LA ROUVRAIE

DU MÊME AUTEUR
CHEZ POCKET

LA MALVIALLE
UN SI JOLI VILLAGE

DENIS HUMBERT

LA ROUVRAIE

PRESSES DE LA CITÉ

ISBN 2-266-06551-3

I

C'est leur premier rendez-vous. Elle lui a fait dire par son frère qu'elle l'attendrait à cinq heures près du pont de l'Aumance. Gilles, le petit blond au visage semé de taches de rousseur, riait comme un bossu en jouant son rôle de messager.

Vincent a très vite expédié son goûter, avalant à grosses bouchées les tartines de beurre saupoudrées de paillettes d'Ovomaltine. Depuis dix minutes, il attend, à cheval sur son vélo demi-course, un pied posé sur le vieux parapet de pierre. Il est en avance. C'est la première fois qu'il va se retrouver seul avec une fille, il espère que personne ne les verra et que Gilles saura tenir sa langue. Si jamais il en parle aux autres, Vincent se jure de lui flanquer une raclée dont il se souviendra.

Que va-t-il bien pouvoir lui dire ? Est-ce qu'il va oser lui prendre la main, l'embrasser ?... Pendant ce temps, les autres ont dû commencer le match de foot derrière l'église, après s'être copieusement chamaillés au moment délicat de la formation des équipes. Qui va jouer à sa place ? Le grand Robert, sans doute, qui se croit bon et vient toujours avec de vraies chaussures à crampons, qu'il porte nouées par les lacets autour de son long cou maigre.

Vincent se sent tout drôle. Il se dit qu'il aurait mieux fait de rester avec les gamins du village et pourtant il a l'impression d'être rivé à ce pont ; quelque chose de beau est en train de lui arriver, quelque chose qu'il n'a jamais connu mais qu'il attend depuis toujours, lui semble-t-il. Il a les jambes un peu molles et la bouche sèche lorsqu'il la voit déboucher dans le virage, à cinquante mètres, sur la petite route bordée de hauts buissons de mûriers et d'aubépines. Elle s'avance à contre-jour, auréolée par les derniers rayons du soleil qui descend déjà derrière les arbres. Il ne distingue pas les traits de son visage. Il espère qu'elle ne remarquera pas qu'il s'est mis à trembler...

... Vincent sursauta et se redressa brutalement sur son siège, la bouche ouverte comme si tout à coup l'air lui manquait. L'hôtesse se penchait vers lui, une main effleurant à peine son épaule. Elle s'excusa avec un sourire qui soulignait le rouge très vif de ses lèvres :

— Pardonnez-moi, je ne voulais pas vous effrayer...

— Ce n'est rien, je crois que je rêvais... juste un rêve, c'est tout...

Il aurait voulu en dire plus, mais elle s'éloignait déjà dans l'allée, demandant à d'autres passagers somnolents d'attacher leur ceinture et de ne plus fumer. Elle avait quelque chose de maternel et de rassurant mais il ne put s'empêcher de frémir en voyant clignoter au-dessus de sa tête le panneau annonçant que l'appareil traverserait bientôt une zone de turbulences.

Vincent n'aimait pas les voyages en avion. Une

angoisse sans nom l'étreignait à la seule idée de se retrouver enfermé dans ce cylindre de tôle qui ne tenait en l'air que par un miracle auquel il ne croyait pas vraiment. Il avait beau, dans ces instants douloureux, se remémorer les statistiques prouvant la fiabilité du transport aérien, rien n'y faisait. Il n'avait que très peu confiance en ces types bronzés à casquette galonnée et chemisette blanche, ces aviateurs au menton énergique, aux yeux toujours dissimulés derrière les verres sombres de leurs lunettes de soleil, et qui devaient passer leur temps à lutiner les hôtesses au lieu de surveiller les instruments de bord. Le bateau, c'était quand même autre chose ! En cas de pépin on pouvait espérer nager jusqu'à la côte, s'agripper à un débris quelconque en attendant l'arrivée des secours. Tandis que là !... « Tragique accident d'avion ce matin, à huit heures trente, heure de Paris. Pour une raison encore indéterminée... On déplore cent trente-sept morts. » Ou encore : « Les débris du Boeing qui s'est écrasé près de Bamako... Les chances de retrouver d'éventuels survivants s'amenuisent d'heure en heure... » C'était là le genre de pensées morbides qui venaient à l'esprit de Vincent alors qu'il scrutait maintenant le visage fermé de la jeune femme en uniforme qui, d'un geste mécanique, bouclait sa ceinture sur le siège réservé au personnel. Elle faisait une drôle de tête, non ? Il en était sûr, ses traits avaient pâli. Que lui avait dit le pilote ? Elle savait... On allait droit au tapis, c'était évident, il le sentait. Alors, à quoi bon feindre le détachement, pourquoi ce calme apparent et purement professionnel ? Qu'elle dise la vérité, bon sang ! Qu'elle hurle sa trouille... A quoi pouvait lui servir de jouer la comédie, alors qu'elle et tous les autres, plongés dans leurs magazines comme si de rien n'était, tous, bientôt, seraient transformés en bouillie, en morceaux fumants éparpillés aux quatre coins d'une terre inhospitalière... Mais non ! Rassure-toi, il ne se passerait rien, rien du tout. Ce n'était pas la première fois qu'un avion volait à proximité d'une zone d'orages et peut-être que ce beau visage un peu pâle et ce regard absent ne trahissaient qu'un moment de fatigue, une occasion de s'isoler provisoirement de ces passagers exigeants et puérils qui, sans cesse, voulaient connaître l'altitude, la vitesse de croisière ou le nom de la ville que l'on apercevait huit mille mètres plus bas, « mais si, à droite, juste sous l'aile, ne serait-ce pas Alger ? »

La jeune femme surprit le regard de Vincent qui la fixait intensément. Elle lui sourit sans qu'il puisse dire si ce sourire était purement machinal ou teinté de complicité. Il n'avait jamais compris grand-chose aux femmes, pas plus aujourd'hui à trente-sept ans qu'à l'époque de ses quinze ans. Il n'avait jamais rien compris et chaque fois, c'était elles qui l'avaient choisi et non l'inverse. Même Hélène, la petite fille de son rêve qui roulait vers lui sur le pont de l'Aumance avec sa jupe rouge au-dessus de ses socquettes blanches, même elle avait décidé pour lui... Après réflexion, Vincent conclut que le sourire de l'hôtesse ne signifiait rien. Ou alors elle se moquait de lui ; elle avait remarqué son air hagard, ses mains moites qu'il frottait nerveusement sur le tissu des accoudoirs. Il détourna les yeux et se concentra sur l'énorme cumulo-nimbus qui masquait peu à peu le soleil, à gauche de l'appareil.

Deux heures encore !... Et l'avion qui commençait à trembler, à rebondir dans les turbulences comme sur les nids-de-poule d'une mauvaise route... Et les autres qui ne remarquaient rien ! Les touristes en chemises bariolées se voyaient encore sous les cocotiers, les hommes d'affaires songeaient à leurs affaires et les migrants africains se croyaient en route vers la terre promise. Comment pouvait-on se laisser transporter avec autant de confiance aveugle ? Était-il donc le seul être lucide dans cet avion ? Vincent eut l'impression que le régime des réacteurs venait de se modifier. Le bruit était différent, plus sourd. Qu'est-ce qu'ils fabriquaient dans cette cabine, derrière cette porte qui s'ouvrait de temps à autre et qui se refermait si rapidement qu'on avait à peine le temps d'entrevoir l'éclat verdâtre des cadrans. On ne passerait pas. Impossible ! Vincent ressentait déjà au fond de son ventre l'instant fatidique où la machine allait basculer, piquer du nez et plonger irrémédiablement vers la surface de l'Océan qu'elle irait percuter dans un plongeon vertigineux et mortel. Ah ! nom de Dieu ! Pourquoi avoir choisi cet avion, le seul qui devait s'écraser dans l'année !... Il aurait dû faire plus attention tout à l'heure, lorsqu'elle avait démontré le fonctionnement des brassières de secours, debout au milieu du couloir et mimant les gestes qui sauvent. Mais à quoi bon ? Il y avait rarement des survivants. Où avait-on le plus de chances de s'en sortir, à l'avant ou à l'arrière ? Sur les ailes peut-être ?... En fait, la seule véritable chance, c'était de manquer l'avion. Le réveil n'a pas fonctionné. Le taxi est tombé en panne. Vos papiers ne sont pas en règle. Vous n'avez pas confirmé votre réservation... Toute une vie pour remercier la négligence qui sauve, toute la mort pour les autres...

... En posant le pied sur la première marche de la passerelle, Vincent revint lentement à la vie. Comme d'habitude, la catastrophe n'avait pas eu lieu. Mais peut-être que la peur était le secret de la survie. Elle éloignait le danger ; les accidents ne peuvent survenir que dans l'insouciance, c'est prouvé.

Il laissa échapper une longue expiration qui se confondit avec le sifflement des réacteurs d'un Airbus allant prendre son tour en bout de piste.

— Au plaisir de vous retrouver sur nos lignes, monsieur, et bon séjour à Paris.

Elle souriait à nouveau, ravissant petit bout de femme, adossée à la carlingue et prenant congé de ses clients. Vincent aurait voulu rester auprès d'elle, lui demander si elle avait des projets pour ce soir, mais il se contenta de hocher la tête en la frôlant près de la porte exiguë, respirant au passage une bouffée de son parfum coûteux. Elle était mariée sans doute, ou fiancée assurément. Comme tous ceux du troupeau qui marchait devant lui, elle agiterait la main en direction d'une des silhouettes impatientes qu'on apercevait derrière les grandes baies vitrées, puis elle se perdrait bientôt dans la ville au bras d'un amant élégant, en posant la joue contre son épaule rassurante et en riant aux éclats. Lui, personne n'était venu l'attendre, d'ailleurs il ne connaissait personne dans cette ville. Une nouvelle fois, le souvenir d'Hélène sur le pont de l'Aumance vint le surprendre alors qu'il suivait en grelottant le flot des voyageurs pressés qui s'engouffrait dans les couloirs de l'aérogare.

Vincent ne comprenait pas pourquoi cette image revenait le hanter aujourd'hui. Il ne voyait rien d'autre, rien que deux enfants, à contre-jour dans le soleil d'une fin d'été, qui se regardent et s'approchent l'un de l'autre en tenant leurs bicyclettes par le guidon. C'était un moment heureux, vieux de vingt-cinq ans, qui réapparaissait sans raison, comme une bulle d'air qui remonte des profondeurs et vient tout à coup crever la surface paisible d'un étang.

Vincent fut soudain envahi d'une tristesse sans objet qui lui fit monter les larmes aux yeux. Décidément, le retour au pays s'annonçait mal. Ce voyage l'avait complètement démoli ; neuf heures de torture, neuf heures passées à retenir son souffle en attendant le pire !... Une bonne lampée au goulot de la bouteille de Chivas hors taxe lui aurait fait le plus grand bien mais il ne pouvait décemment pas la sortir ici, au milieu de tous ces gens ! Sa main se crispa sur la rampe de l'escalier roulant qui descendait vers l'inconnu et il se sentit fripé dans son léger costume de Tergal bleu nuit. Il se pinça le nez entre le pouce et l'index, et souffla sans trop forcer, jusqu'à entendre le petit couinement de l'air qui trouvait le passage des trompes d'Eustache et rétablissait une pression normale dans ses oreilles endolories et bourdonnantes.

Vincent erra dans Paris pendant une semaine, le temps nécessaire pour quelques formalités entrecoupées de flâneries solitaires et sans but apparent.

Il avait oublié l'alternance des saisons et sa première surprise fut le froid. Il retrouvait cette sensation étrange de l'air glacé qui pénètre les poumons et de la vapeur qui s'élève en petits nuages à chaque expiration. Vingt-cinq degrés d'écart en moins de douze heures constituent une épreuve redoutable pour l'organisme. Il passa donc le plus clair de son temps dans ces endroits bien chauffés que sont les cafés, les cinémas et les grands magasins. Il affectionnait particulièrement ces derniers et marquait de longues haltes entre les portes de verre des grands halls, dans cette sorte de sas où régnait un air brûlant, pulsé par des bouches invisibles dissimulées dans les plafonds. Il en profita pour renouveler sa garde-robe et s'offrir quelques vêtements chauds : pulls à col roulé, vestes de laine et pantalons de velours.

Avant son départ, Vincent s'était promis de visiter la capitale et de mettre à profit ces quelques jours pour prendre un bain de culture, pour découvrir enfin tous les lieux prestigieux qui n'étaient pour lui que des illustrations de cartes postales : le Louvre, Notre-Dame, le Sacré-Cœur, l'Opéra, les Invalides, Pigalle et les Champs-Élysées. Il fit même l'acquisition d'un guide illustré de la ville, rédigé en trois langues. Mais finalement, lorsqu'on est seul, l'envie s'estompe vite et ses pas le portèrent plus souvent devant le comptoir d'un café que dans l'ambiance feutrée et recueillie des salles de musée. Dans l'atmosphère confinée des zincs de quartier, au milieu des épaves tristes cramponnées à leur verre d'alcool, il réalisa combien il était facile de se laisser couler tranquillement, de s'abandonner peu à peu, jusqu'à la déchéance. Un soupçon de vague à l'âme, la solitude et la peur de l'avenir, il n'en fallait pas plus pour se réveiller un beau jour sur une paillasse de l'Armée du Salut. Il savait la grande ville inhumaine, mais il n'aurait jamais pensé que l'on puisse se perdre aussi vite au milieu de la foule grouillante qui ne vous accordait pas un regard.

Il avait sur son carnet quelques adresses où il aurait

pu se rendre, mais il n'osa pas. Sont-ils sincères les gens qui vous déclarent au moment du départ : « Et quand vous viendrez à Paris, n'hésitez pas, cela nous ferait tellement plaisir. » Sur le moment peut-être le souhaitent-ils, mais maintenant ? Vincent imaginait des visages essayant de cacher leur contrariété dans l'embrasure de la porte d'un appartement cossu ; il entendait l'appel faussement enjoué : « Bernard, viens voir qui est là, c'est Vincent, tu te souviens ?... Mais si, Sassoufro, nous y avons passé une merveilleuse semaine, il y a deux ans. » Vincent avait encore un peu d'amour-propre, il préférait la solitude aux faux-semblants. Il comprit que les noms et les numéros de téléphone du calepin ne lui seraient d'aucun secours. Il faillit jeter le carnet dans une corbeille qui suppliait, en lettres blanches sur fond vert, qu'on l'aide à garder la ville propre.

La journée du dimanche commença de façon particulièrement grise et morose. En marchant dans les rues désertées, il imagina les familles réunies et heureuses dans la quiétude des immeubles, bien à l'abri derrière le voilage blanc des fenêtres. Il aurait donné beaucoup pour partager leur repas et raconter de belles histoires à des enfants attentifs et cajoleurs, mais il se contenta d'un sandwich et d'une assiette de frites dans une brasserie des grands boulevards. Ce n'était pas par souci d'économie, mais simplement parce qu'il ne connaissait rien de plus triste qu'un dîner solitaire, en tête à tête avec soi-même, posé comme par erreur au milieu des groupes volubiles et des couples amoureux. On a beau faire des efforts, le plus raffiné des mets prend alors un goût de carton-pâte.

Un peu plus tard dans l'après-midi, au hasard d'un

taxi dont le chauffeur yougoslave avait dû connaître comme lui l'angoisse des transplantés, il se retrouva dans les allées du marché aux puces. Instinctivement, il sentit que l'endroit convenait parfaitement pour amortir le choc et rompre en douceur avec l'Afrique qui venait de le vomir brutalement. Cet alignement de baraques disparates, ces camelots racoleurs et la multitude des marchandises étalées à même le sol lui rappelaient les souks et les marchés des pays du Sud, le préservant pour quelques instants du monde laborieux, respectable et austère qui cernait cet îlot de désordre.

Il devait bien se l'avouer, la vie en France lui donnait quelques inquiétudes. Avec les années, à l'abri au cœur de ce qui pouvait passer pour un paradis sur terre, il avait oublié à quoi pouvait ressembler une ville où les gens ne sont pas perpétuellement en vacances. Toutes ces silhouettes pressées, nerveuses et piétinantes, ces visages sérieux, toutes ces bribes de conversation qu'il surprenait malgré lui sur la banquette d'un bistrot ou dans la cohue du métro matinal, tous ces petits bonshommes gris, uniformément tristes avec leurs serviettes noires qui contenaient des papiers tellement importants ; « Alors tu comprends, je n'allais pas me laisser faire, ce n'est pas parce que Berteux a préparé le dossier sans m'avertir, tu comprends... J'en ai parlé à Morvan, il est d'accord avec moi, la Sodemac a soumissionné très en dessous des taux habituels... Alors elle m'a dit comme ça : c'est une faute grave mademoiselle Mercier et j'en référerai à qui de droit, comptez sur moi... Tu imagines !... »

Vincent imaginait très bien. La vie ici ne devait pas être drôle tous les jours. On était loin des palabres sous le fromager et des siestes sans fin dans le ronronnement rassurant des climatiseurs. Heureusement, il avait mis un peu d'argent de côté, suffisamment pour attendre quelque temps avant d'être obligé de se replonger dans ce monde bouillonnant d'une effervescence laborieuse, univers fade et inquiétant pour lequel il n'éprouvait aucune attirance. Sous le pont du périphérique, la plupart des camelots étaient noirs. Vincent marcha au milieu d'eux, entre les bâches étendues sur le macadam et recouvertes d'objets hétéroclites et de peu de valeur. Il les dévisagea un à un, comme s'il cherchait une ressemblance, un visage... Il ne put s'empêcher de marchander une montre imitation Rolex, rien que pour le plaisir. Il voulait une dernière fois entamer ce dialogue rigolard et rusé, jouer le petit jeu patiemment construit à coup d'arguments fallacieux où chacun cherche les limites de l'autre, et où finalement, la marchandise a moins d'importance que la complicité qui s'installe.

— Patron ! Regarde, ça marche très bien. Mécanisme suisse plaqué or, très très joli. Une occasion incroyable !...

— Mais je veux du neuf, pas de l'occasion...

— C'est manière de parler, patron. C'est tout neuf, jamais servi, saisi en douane... Je te jure, l'affaire unique, pour toi spécialement.

— Tu parles ! Tu dis la même chose à tout le monde.

— Non, non ! Toi c'est pas pareil. Je le vois dans tes yeux, tu n'es pas un touriste et pourtant tu n'es pas d'ici non plus... La petite croix du Sud, autour de ton cou, tu l'as trouvée à Dakar ?

— A Sassoufro...

— Tu vois ! J'avais raison... Alors pour toi spécialement, cent francs pour cette petite merveille.

Vincent la mit à son poignet pour soixante-dix, après dix minutes supplémentaires d'échanges animés à l'issue desquels son protagoniste fit semblant d'abandonner la partie, en souvenir du pays, non sans avoir clamé en riant de toutes ses dents que le « patron » était vraiment très malin et qu'il allait le ruiner. Ils se quittèrent joyeux, en se frappant la paume de la main, à l'africaine.

Machinalement, Vincent caressa la petite croix en or brut à quatorze carats et la glissa dans l'échancrure de sa chemise. Il eut une pensée pour celui qui la lui avait donnée...

Vincent traîna encore quelques heures avant de regagner son hôtel de l'Odéon. Il avait choisi le quartier parce que c'était le seul dont il eut un vague souvenir et que celui-ci jouissait, à ses yeux d'adolescent attardé, d'un lustre qu'il pensait toujours vivace. Il croyait y trouver un peu de cette chaleur estudiantine, de cette animation qui rendrait l'escale moins triste.

Il mangea une nouvelle fois sans appétit, seul à sa table, un journal ouvert sur la nappe, à côté de l'assiette où refroidissait une choucroute plutôt fade. Vincent parcourait les pages étalées devant lui, sans vraiment les lire. Il n'y avait rien de nouveau depuis qu'il s'était en quelque sorte coupé du monde civilisé ; toujours la même litanie attristante des petites et des grandes misères d'une terre malade qu'on essayait de maintenir en vie tant bien que mal, depuis la nuit des temps. Pendant son absence, personne apparemment n'avait trouvé de remède miracle contre la mort, la violence ou la bêtise. La page des spectacles semblait un peu plus réjouissante, mais Vincent lui préférait celle des faits divers qui en apprenaient plus sur l'espèce humaine que le discours de n'importe quel sociologue.

Une femme avait égorgé son mari parce qu'elle ne supportait plus la tyrannie télévisuelle dans laquelle il la maintenait... Un homme avait tué son fils qui rentrait du bal à trois heures du matin ; « Je l'ai pris pour un cambrioleur », pleurnichait l'imbécile... Un ministre accusé de concussion hurlait qu'il s'agissait d'une manœuvre politique mais qu'il ne se laisserait pas faire... Un chauffard au volant d'un quinze tonnes renversait une fillette et, pour faire bonne mesure, écrasait dans sa fuite la mère accourue sur les lieux...

Un entrefilet à peine moins banal que les autres retint l'attention de Vincent :

De notre correspondant à Moulins :
La forêt de Tronçais livre enfin son secret.
Après deux ans d'enquête, de recherches et d'analyses, la brigade scientifique de la préfecture de police vient de réussir à identifier le corps découvert par un chasseur dans la célèbre forêt domaniale. Il s'agirait de M. Roland Schwartz, ressortissant helvétique et délégué général pour la France d'un laboratoire suisse, fabricant de produits pharmaceutiques. On se souvient qu'à l'époque, cette macabre découverte avait provoqué un vif émoi dans le département de l'Allier.

Même là-bas ! Au plus profond du Bourbonnais, dans cette campagne paisible qu'on imagine sans histoires, on pouvait donc aussi assister à de sanglants règlements de comptes ? Dans le souvenir qu'il en gardait, le pays d'enfance de Vincent apparaissait plus serein et seuls quelques accidents de tracteur ou délits de braconnage parvenaient ponctuellement à défrayer la chronique...

Le lundi matin, se sentant gauchement élégant dans ses vêtements qui sentaient bon l'étoffe neuve, Vincent se rendit à la banque.

Depuis des années il alimentait régulièrement son compte, sans avoir pourtant jamais mis les pieds dans cet endroit. Il y régnait un silence compassé et les employés parlaient à voix basse, presque au creux de l'oreille d'une clientèle austère et clairsemée qui ne souhaitait manifestement pas que l'on puisse saisir le moindre chiffre concernant l'état de sa fortune. Un gardien en uniforme le dévisagea longuement, comme si son teint bronzé détonnait au milieu des visages de cire inexpressifs qui peuplaient l'agence luxueuse. Vincent soutint son regard et le sbire finit par détourner les yeux. Lorsqu'il se fut annoncé, un quinquagénaire affable en costume croisé anthracite le guida avec condescendance vers un bureau lumineux et confortable, bien que totalement impersonnel.

— Alors monsieur Barillet, content d'être de retour au pays ?

Vincent marmonna une réponse plus que vague, en fixant les mains de l'homme. Celui-ci les frottait bizarrement l'une contre l'autre, les pétrissant tout en parlant comme il l'aurait fait au-dessus d'un lavabo. Vincent se sentait curieusement mal à l'aise comme devant tous les larbins qui, à force d'habitude, réussissent à se faire passer pour d'importants personnages.

— Tout cela fait beaucoup d'argent, monsieur Barillet, beaucoup d'argent ! J'ose espérer que nous vous compterons encore longtemps parmi nos clients...

— Justement, à ce propos...

L'autre ne se laissa pas interrompre, il continuait à se laver les mains en parlant, les yeux perdus dans les motifs orientaux de la tapisserie, au-dessus de la tête de son interlocuteur.

— Vous connaissez notre maison et vous savez combien vous pouvez nous faire confiance. Je suis en mesure de vous proposer un certain nombre de produits tout à fait performants. La pierre n'est plus ce qu'elle était, mais par contre, nous recommandons actuellement quelques placements éminemment rémunérateurs et...

— Je souhaiterais du liquide...

— Pardon ?

— Je voudrais de l'argent liquide.

— Ah ! oui, bien sûr, suis-je bête, il vous faut quelques liquidités, la vie à Paris n'est pas très bon marché... Nous y pourvoirons au guichet tout à l'heure. Mais pour l'avenir, monsieur Barillet, pour l'avenir !... Je vais vous concocter un de ces portefeuilles dont vous me direz des nouvelles...

— Excusez-moi, ce n'est pas cela... je me suis mal exprimé... Je voudrais la totalité en liquide... En billets si vous préférez.

Le fondé de pouvoir se recula sur son siège, incrédule. Il resta sans voix quelques secondes puis repoussa son fauteuil à roulettes chromées et se leva, l'air dépité.

— Je ne vous comprends pas, monsieur Barillet, vraiment je ne vous comprends pas...

Une heure plus tard, lorsque Vincent quitta la banque, tous les regards le suivirent jusque dans la rue. En sortant du tambour de la porte monumentale surmontée d'un sigle en lettres d'or, il eut la sensation étrange d'être vêtu d'un pagne.

Demain, il irait chercher la voiture et mercredi, à l'aube, il mettrait le cap vers le centre de la France.

L'annonce indiquait : « Première main, jamais accidentée, embrayage neuf, carrosserie impeccable. » Il avait fallu chercher assez longtemps pour trouver ce modèle qui ne se faisait plus depuis presque dix ans. Et pourtant, c'était bien celle là que Vincent voulait, pas une autre. Ce n'était pas la peine de lui demander pourquoi ; il s'était mis cette idée dans la tête, un point c'est tout.

En claquant la portière de la DS, Vincent ressentit une joie sans partage. Depuis douze ans, il n'avait conduit que le minibus et la Land Rover de l'hôtel, de plage en plage et de village en village, étapes obligées d'un circuit touristique réputé pittoresque. Les pistes en latérite ne permettaient guère de fantaisie et seul le tronçon goudronné qui menait à l'aéroport offrait la possibilité d'une petite pointe de vitesse récréative. Aujourd'hui, c'était autre chose ; de vraies routes pour une vraie voiture, même si elle affichait déjà cent vingt mille kilomètres au compteur. Le moteur tournait rond, elle avait dû être bichonnée par son ancien propriétaire, un retraité plein de gentillesse qui avait juré sur son honneur de fonctionnaire qu'elle n'avait jamais couché dehors. Et puis attention, révision tous les cinq mille !

Vincent ne mit pas longtemps à se sentir à l'aise sur les épais coussins de cuir brun. Il retrouva la position idéale, à bonne distance du volant et des pédales, le corps incliné et les bras presque tendus. A la sortie de la ville, le triste panorama qui s'offrait à ses yeux refréna ses ardeurs et l'obligea à conserver une allure de croisière modérée. La capitale ne semblait pas vouloir se laisser fuir aussi facilement et déroulait devant Vincent toutes ses réserves de laideur. Pendant les premiers kilomètres qui lui parurent interminables, il vit ainsi défiler la succession de zones industrielles qui ceinturent les grandes métropoles. D'immenses hangars à perte de vue, des bâtiments sombres et des parkings, déserts à cette heure matinale, alternaient avec des terrains vagues et des jardins ouvriers parsemés de cabanes à outils aux toits de tôle ondulée. Quelles sortes de légumes pouvaient bien pousser sur ces arpents désolés, au milieu des fumées, cernés par l'acier, le goudron et le ciment ? Des espèces mutantes, sans doute. Du haut de leurs longs mâts courbés, des luminaires déversaient une lumière pâle sur ces hectares tristes du désert périurbain. Des panneaux gigantesques défilaient le long des bas-côtés, clamant avec orgueil les mérites de sociétés inconnues : le numéro un de la distribution, le leader du conditionnement plastique, le roi de la motoculture de plaisance, Monsieur Meuble et Madame Cuisine Intégrée... Un peu plus loin, au pied de grands ensembles plus hauts et plus laids les uns que les autres, des supermarchés aux couleurs criardes semblaient attendre les heures d'affluence, leurs chariots métalliques soigneusement rangés devant les portes closes. Tout autour, formant un écheveau compliqué, des rocades et des voies d'accès décrivaient des boucles, se nouaient et se dénouaient de part et d'autre de la route à quatre voies, empruntant des tunnels ou escaladant des ponts de béton sales et dégoulinant de coulées poussiéreuses que même la pluie ne pourrait jamais effacer.

Quelquefois, au milieu de ce no man's land de ferraille et de béton, un petit pavillon émergeait, nostalgique, ridicule et déplacé avec son toit pentu et ses chiens assis, son jardinet clos de grilles ouvragées, îlot dérisoire au cœur d'une mer d'usines et d'entrepôts, peuplée de gardiens de nuit et de vigiles. Dans une heure ou deux, le flot montant des travailleurs viendrait relever les troupes de nuit et s'engouffrerait sans joie dans les ateliers et les bureaux pour huit heures d'enfermement, à trier des roulements à billes, coller des étiquettes sur des emballages ou faire défiler des colonnes de chiffres sur l'écran d'un ordinateur. Peut-être n'avaient-ils pas d'autre choix. Peut-être... Vite ! Il fallait prendre le large et lâcher les chevaux pour fuir cet univers insipide et déprimant.

Vincent baissa la vitre et laissa l'air vif du matin baigner l'habitacle, puis il secoua la tête, prit une profonde inspiration et se voua entièrement à la vitesse et à la jouissance qu'elle allait lui procurer. Il lança la voiture vers l'avant, montant les régimes avec une violence contenue et ses traits se détendirent peu à peu, alors que diminuait la crispation de sa mâchoire et qu'un sourire éclairait son visage buriné. C'était bon de sentir son corps propulsé comme une balle entre les deux lignes blanches qui bordaient la route, bon de dominer le frisson qui montait à l'entrée du virage, de se forcer à ne pas lever le pied, à ne pas toucher au frein. Il fallait anticiper la trajectoire idéale, attendre le bon moment et venir placer la voiture au centimètre près, sans crispation sur le volant, la sentir vivre entre ses doigts, la comprendre et la dominer, l'écouter crisser de tous ses pneus comme si elle voulait se rebeller et menaçait de quitter le cap imposé par son conducteur.

Oubliée l'Afrique et ses mirages, effacée la ville inhospitalière, dégagez, place, place, le gamin revient au village, à cent cinquante à l'heure au volant de son bolide noir qui crache les flammes. Regardez-le !...

rétrograder, enfoncer la pédale de l'accélérateur, déboîter en souplesse et glisser le long des flancs d'un trente-cinq tonnes, freiner par à-coups pour se rabattre en attendant d'avoir à nouveau le champ libre et faire donner toute la puissance pour bondir vers l'avant, seul à nouveau derrière la gueule de requin noire du capot.

Vincent retrouvait des joies d'enfant en se disant que là au moins, s'il risquait sa vie, personne ne décidait pour lui.

Durant près de trois heures, il donna libre cours à ses envies de liberté et de sensations fortes, traversant les villages en trombe sans se soucier des panneaux blancs bordés de rouge. Il aurait pu se faire arrêter cent fois, mais par chance, les pandores récupéraient d'un dimanche particulièrement agité et meurtrier. Vincent avait fini par dénicher sur la radio du bord une station qui ne vantait pas à longueur d'antenne des marques de lessives ou de shampoings. Il roulait en tapotant le volant au rythme des chorus de guitare qui faisaient vibrer les haut-parleurs encastrés dans les portières.

Tout alla bien jusqu'à Bourges, jusqu'au moment où un piéton aventureux faillit se retrouver sur le capot de la DS qui laissa deux longues traces noires de caoutchouc fumant sur la chaussée, dans un hurlement de pneus à l'agonie. Le promeneur matinal fit un bond en arrière et leva le poing en direction du chauffard inconscient qui s'éclipsait sans même un mot d'excuse. Vincent vit son image vociférante s'amenuiser sur l'écran rectangulaire du rétroviseur, il baissa la tête et courba le dos comme pour échapper à la honte et au remords. Brusquement, alors qu'une frayeur rétrospective faisait encore frissonner Vincent, la silhouette de l'homme fut remplacée par le visage de l'enfant noir aux grands yeux apeurés, juste avant qu'il ne disparaisse sous l'avant de la Land Rover...

II

— Merde ! je l'ai touché !... je l'ai touché je te dis !...

Le lourd véhicule beige dérape sur la latérite de la piste, tangue un instant et s'immobilise.

— J'ai rien pu faire !... Il a traversé d'un seul coup !...

— Ne t'arrête pas monsieur Vincent, continue je t'en supplie !

La voix d'Antoine, le boy, se fait pressante. Il regarde en arrière et serre le bras du jeune Européen en le secouant timidement. Celui-ci se passe une main sur le visage, effondré.

— Mais il faut aller voir... Il est blessé... Oh ! bon sang ! Mais pourquoi... Je n'ai rien pu faire...

Un attroupement se forme au bord de la route, cinquante mètres derrière eux. Les cris aigus des femmes leur parviennent.

— Je t'en supplie à nouveau, monsieur Vincent, ne reste pas là, démarre... démarre.

Quelque chose dans les yeux d'Antoine pousse Vincent à obéir. Les mains crispées sur le volant, il relance la Jeep et repart à contrecœur. Antoine respire bruyamment en jetant toujours des regards apeurés vers l'arrière. Vincent n'ose pas lever les yeux vers le rétroviseur. Il freine à nouveau.

— On ne peut pas le laisser là, Antoine. Les gens du village ne pourront rien pour lui, il faut l'emmener à l'hôpital ou le ramener à l'hôtel... Je ne sais pas... Il faut faire quelque chose...

Il a crié sans s'en rendre compte et le jeune Africain hoche la tête comme pour l'approuver.

— Nous nous arrêterons plus loin pour prévenir. A Dioura nous trouverons un téléphone...

— Mais pourquoi plus loin ?

— Parce que si nous restons ici, nous sommes morts.

— Hein ?

— Si tu descends de la voiture pour aller voir, les gens, ils t'attrapent et ils te tuent... Et moi avec...

Vincent sait qu'Antoine a raison. Il a déjà entendu raconter des histoires de ce genre où des voyageurs se sont fait lapider après avoir causé un accident. Il transpire et la sueur ruisselle entre sa peau et le tissu léger de sa chemisette. Il a envie de vomir. Un enfant, il a tué un enfant ! Il regarde Antoine, il ne sait plus quoi dire, quoi faire.

— Ce n'est pas ta faute, monsieur Vincent. Le petit là, il a traversé comme une bombe, ce n'était pas possible de l'éviter, j'en suis le témoin formel.

L'enfant n'est pas mort. Vincent est allé le voir à l'hôpital du chef-lieu. Il a donné de l'argent aux parents et ceux-ci l'ont invité à venir leur rendre visite au village. Ils riaient en serrant les mains de Vincent dans les leurs et c'était comme si l'enfant et l'accident n'avaient pas existé. Ce jour-là, Vincent eut l'intuition qu'il partirait bientôt pour la métropole. Définitivement.

— Dis-moi Antoine, pourquoi m'appelles-tu toujours « monsieur » Vincent, tu ne peux pas utiliser mon prénom, tout simplement ?

— Ah non ! Ça n'est pas possible... Non, je ne crois pas que cela soit possible...

En longeant l'étang de Vitray, Vincent reconnut le paysage. Dans vingt minutes il serait à Damery. Damery-sur-Aumance, village du bocage bourbonnais, avec sa châtellenie et son église du XIIIe, ses anciennes forges devenues musée, ses maisons bourgeoises aux toits de tuiles rondes, minuscules comme des écailles rougeâtres envahies de mousse d'un vert profond. Au début du siècle, ce gros bourg de campagne avait compté jusqu'à trois mille habitants qui travaillaient à l'exploitation de la forêt, à la fabrication de la fonte ou à l'élevage des vaches charolaises.

Ses parents étaient nés ici, du moins son père qui était allé se chercher une fiancée à Vichy, à quatre-vingts kilomètres vers l'est. C'était à la grande époque de la cure, quand les riches colons et les célébrités du monde entier venaient encore y soigner leur foie surmené par les excès, juste avant que la ville d'eau ne tombe en disgrâce, après la Libération. Vincent n'avait que très peu vécu à Damery, à peine le temps nécessaire pour apprendre à marcher et à parler, en profitant du « bon air » de la campagne et de ses nourritures saines. Malgré les déménagements successifs comme en connaît forcément le fils d'un commandant de gendarmerie, il était revenu plusieurs fois passer quelques semaines d'été dans l'auberge de l'oncle Georges, toujours pour les mêmes raisons, pour fortifier, au contact étroit de la nature, l'enfant un peu maigre qu'il était.

Il se rendait compte aujourd'hui qu'il n'avait rien oublié, ni les prés bordés de haies d'aubépines et de gratte-culs, ni les ruisseaux qu'il avait suivis en pêchant le vairon, ni l'aspect un peu triste des fermettes disséminées au cœur d'un réseau dense de chemins creux. Il retrouvait, sur les panonceaux plantés aux croisements desservant les écarts, des noms aux sonorités médiévales qui l'avaient toujours fasciné : la Chacroterie, les Glauds, les Bois-Curés, Prends-y-garde, les Doigts, la Quarantaine, et bien d'autres encore qui évoquaient une imagerie fabuleuse que n'aurait pas reniée Bruegel l'Ancien.

La luminosité se modifia brusquement lorsque la route entra dans la forêt. On aurait dit tout à coup que le ronronnement du moteur résonnait au milieu d'un silence de cathédrale. Et comme toujours, Vincent ressentit au fond de son ventre la sourde angoisse que devaient vivre depuis des siècles tous les voyageurs qui empruntaient cette voie. En pénétrant dans Tronçais la grande, on entrait dans un autre monde fait de silence et de majesté, un temple végétal dont les colonnes auraient été les hauts fûts des chênes, parfois tricentenaires, qui, sans que vous en ayez conscience, vous obligeaient à courber l'échine et à baisser la tête.

Vincent imaginait aisément ce qu'avaient dû être les traversées de ce lieu aux siècles passés. Il imaginait les cochers fébriles fouettant leurs chevaux jusqu'au sang et les passagers transis des berlines s'attendant à voir surgir à tout moment une troupe de brigands ou des hordes hurlantes de loups, les babines retroussées sur des crocs longs comme des poignards. Il se dit qu'il aurait aimé connaître cette époque et galoper dans cette forêt qu'on pouvait croire sans fond et sans limites, au temps où les braves gens du lieu croyaient dur comme fer aux légendes qui couraient sur les puissances maléfiques et les sorciers qui peuplaient ses fourrés et ses clairières. Mais d'ailleurs, avaient-ils jamais cessé d'y croire ?

Après quelques kilomètres sous la voûte sombre des chênes, la départementale rectiligne débouchait en pleine lumière, légèrement en contre-haut du village. Au bout de la longue ligne droite, on apercevait les premiers toits dominés par le clocher en pierre de taille de l'église romane. Vincent ralentit progressivement et vint s'arrêter sur le bas-côté. Il descendit lentement de la voiture, levant le nez pour humer longuement l'air comme un chien qui recherche des effluves familiers. Il voulait retrouver les odeurs oubliées de son enfance, subtil mélange d'herbe coupée, de fleurs des champs, de fruits trop mûrs et de déjections animales. Mais la campagne ne sent rien au sortir de l'hiver, enfin presque rien, si ce n'est la senteur légèrement putride d'humus, ravivée par les brouillards matinaux qui ont imbibé la terre. Vincent était presque déçu. Il se remit en route vers Damery, à faible allure, tandis qu'une voix triste et rauque résonnait à l'intérieur de la voiture, sur les accords d'un vieux blues en *la* mineur :

And my love will follow you
as the years go passing by...

— Approche un peu pour voir !... Tu n'as pas changé, t'es toujours aussi maigre.

La tante Marie se reculait d'un pas pour mieux le

voir. Elle essuyait ses mains au tablier noué autour de sa taille. Vincent parcourait des yeux la cuisine en souriant d'un air un peu niais. C'était toujours le même désordre et la table centrale était presque entièrement recouverte d'épluchures de pommes de terre entassées sur les pages déployées d'un vieux journal. Des torchons blancs séchaient, accrochés à la longue poignée chromée du four de la cuisinière. La pièce était surchauffée et la vapeur montait au-dessus d'un grand faitout dans lequel on avait mis de l'eau à bouillir. Le modernisme avait tout de même réalisé une timide percée dans la vieille auberge et Vincent aperçut une machine à laver la vaisselle à côté du gros poste de télévision qui devait fonctionner toute la journée. La tante avait vieilli. Elle devait avoir soixante-dix ans, peut-être un peu moins ? Quarante ans passés au-dessus des fourneaux l'avaient usée peu à peu et son neveu la trouva enlaidie dans sa blouse grise semée de petits motifs mauves. Ses cheveux avaient blanchi et l'on voyait des reflets jaunâtres dans son chignon tenu par des peignes en matière plastique imitant l'écaille.

Des pas se firent entendre sur les dalles dans la cour de derrière, la porte s'ouvrit et Georges entra. Lui aussi avait les cheveux presque blancs maintenant. Un large sourire illumina sa face rougeaude. Manifestement, et malgré les conseils du corps médical, il mettait toujours aussi peu d'eau dans son vin.

— Ah ! C'est pas trop tôt, voilà notre Africain. Ils t'ont laissé crever de faim ma parole !... Tu as mangé en route au moins ? Non !... Marie, bon Dieu, il a faim ce gamin... Reste pas plantée comme ça, c'est pas le moment de chialer...

La tante pleurait silencieusement et Vincent baissait

les yeux vers ses mocassins neufs. L'oncle cachait son émotion dans une logorrhée bourrue qui ne trompait personne :

— ... C'est ta voiture, devant la porte ? On ne le fait plus ce modèle, pas vrai ? Pourtant c'était de la bonne bagnole... Tu n'as pas eu trop de monde sur la route ? Ils ont fini les travaux à Ainay ?... T'as plutôt bonne mine, mais tu es toujours aussi maigre... Je suis drôlement content de te voir, l'explorateur... Allez, viens t'asseoir, tu dois en avoir des choses à raconter !... On t'a préparé des ris de veau, tu vas te régaler, on ne devait pas t'en servir tous les jours, chez les bamboulas !

Vincent se retrouva attablé dans la salle du petit restaurant désertée par les pensionnaires et les ouvriers qui venaient fidèlement faire honneur à la cuisine simple et réputée des époux Barillet.

Sur les murs de la salle, la fresque était toujours là, peinte naïvement dans un camaïeu de bruns légèrement passés. Différents sites pittoresques de la région y étaient représentés : une église, un château, un étang et ses pêcheurs, un carrefour en forêt appelé « le Rond gardien », ainsi qu'une fontaine naturelle aux vertus aphrodisiaques, « la font du Brigadier ». On prétendait que cette œuvre insolite était due à un client de l'auberge qui, dans les années quarante, n'avait eu que ce moyen pour payer sa pension. Comme tous ceux qui s'asseyaient pour la première fois aux tables de l'auberge, Vincent ne put s'empêcher de jeter un regard panoramique et circulaire sur cette décoration étrange et hors du temps.

— Je me demandais justement... Enfin, j'ai eu peur que vous n'ayez décidé de repeindre les murs.

— Tu plaisantes ! Ce bistrot ne serait plus rien sans ces peintures. Il y a même un forestier allemand qui voulait me les acheter, et un bon prix encore ! Il parlait de faire venir des ouvriers pour découper le plâtre et tout ramener chez lui... Je crois bien qu'il était un peu saoul.

Georges fit un clin d'œil à son neveu qui commençait à manger et se resservit un verre de vin rouge puisqu'il fallait bien l'accompagner. Sa femme restait debout devant la table, guettant les réactions de Vincent et prête à courir à la cuisine pour changer un plat si d'aventure un mets ne lui convenait pas. Vincent hochait la tête tout en mâchant, tantôt pour approuver les paroles de son oncle, tantôt pour rassurer la vieille femme et lui signifier qu'elle n'avait pas perdu la main et que le repas était délicieux.

— La viande est encore chaude ? Je peux la remettre au four si tu veux ?

Elle avait vieilli mais pas changé. Toujours aussi prévenante, toujours aux petits soins pour « son » Vincent. Dans quelques secondes, la phrase rituelle allait venir, ces mots, toujours les mêmes, qui l'avaient tellement agacé dans son enfance mais qu'il attendait aujourd'hui comme la preuve tangible de son retour :

— Et pour ce soir, qu'est-ce que tu veux manger ?

Voilà. C'était bien elle ! Vous n'aviez pas encore avalé la dernière bouchée du petit déjeuner ou du repas de midi, que déjà elle s'inquiétait pour le repas suivant. A croire qu'il n'y avait rien pour elle de plus important que de se sustenter abondamment et de manière fréquente. Il fallait toujours accepter d'en « reprendre » pour éviter de la vexer de façon irrémédiable ; quant à jeûner en sa présence, c'était se voir promis à une mort certaine par inanition dans les heures qui suivaient.

— Tu n'as pas changé, ma tante, toujours en train de gaver tes hôtes jusqu'à ce qu'ils éclatent !

— Ah ça ! On voit bien que ce n'est pas moi qui t'ai nourri pendant toutes ces années. Tu as tout d'un chien errant, il est bien temps de venir se remplumer au bercail... Allez, reprends-en un peu... pour me faire plaisir.

Elle avait toujours la même voix aiguë au débit précipité, une voix que l'on pouvait qualifier de désagréable quand on ne la connaissait pas.

— Laisse-le donc tranquille mémé, tu vois bien qu'il n'en peut plus... Si ça se trouve il ne mangeait que des bananes là-bas, pas vrai fiston ?

Apparemment, l'oncle Georges était curieux d'entendre parler de l'Afrique. Vincent leur raconterait, mais pas tout de suite. Il voulait d'abord savourer les retrouvailles avec ce coin de France que d'aucuns auraient qualifié de banal et sans charme, mais qui pour lui représentait beaucoup. Ils bavardèrent encore quelques instants et la tante finit même par tirer une chaise pour s'asseoir et ne rien perdre de la conversation. Vincent leur demanda des nouvelles de leur fille, Solange, et de François, le fils aîné.

— Ah celui-là, ne m'en parle pas ! C'est à cause de lui que tu nous vois encore en train de travailler à notre âge. Il n'a pas voulu reprendre l'hôtel ; monsieur s'est mis dans la tête d'élever des chevaux et il a racheté une ferme à vingt kilomètres d'ici. Enfin, quand je dis qu'il l'a achetée... Tu peux me croire qu'il a fallu l'aider, et pas qu'un peu... C'est pas fini, d'ailleurs. Je me demande si elle sera rentable un jour son affaire...

Remarque, c'est pas pour dire, mais ses chevaux, ils sont vraiment beaux.

On sentait sous les reproches une certaine fierté dans la voix de Georges. Vincent apprit que Solange était mariée et qu'elle vivait à Bourges depuis presque cinq ans. Ils passèrent la famille en revue et le jeune homme sut presque tout concernant de lointains cousins qu'il n'avait peut-être jamais vus.

Quatre heures sonnèrent à l'horloge qui trônait dans la salle attenante qu'on appelait le café. Marie se leva en criant :

— Mon Dieu ! Quatre heures et je n'ai rien de prêt pour le souper...

Après ce repas copieux pris à l'heure du goûter, Vincent monta ses affaires dans la chambre numéro cinq qu'on lui avait préparée. C'était la plus claire et la plus gaie. Elle n'avait rien à voir avec le luxe tapageur de son bungalow à l'hôtel Royal Safari, mais Vincent reconnaissait dans ce confort simple et sans fioritures le souhait de Georges et Marie que le client se sente « chez lui ». Il y avait même un bouquet sur la table de nuit et un gros édredon rose, gonflé de plumes, qui lui donna l'envie de s'y vautrer voluptueusement.

Il ne prit pas la peine de défaire ses valises et redescendit aussitôt pour aller marcher dans le village, à la recherche de ses impressions d'enfant. Il se sentait légèrement étourdi, peut-être par le flot des émotions que ravivaient ces lieux, à moins que cela ne soit dû au vin que son oncle n'avait cessé de lui verser, en profitant pour trinquer lui-même à chaque fois. Depuis combien de temps n'était-il pas venu à Damery ? Quinze ans ? Non, bien plus, le dernier séjour remontait à l'été mille neuf cent cinquante-quatre. Il avait onze ans à l'époque.

Vincent marchait lentement en regardant autour de lui pour mettre à jour ses souvenirs et les comparer à ce qu'il voyait aujourd'hui. Le bourg semblait désert en cette fin d'après-midi. Les ouvriers étaient à la scierie ou dans la forêt, les paysans soignaient leurs bêtes. Vincent passa près de la mairie-école et entendit une classe scander à voix haute la table de multiplication par neuf. A part ces voix enfantines, les rues du village étaient silencieuses et il ne croisa qu'une vieille femme, en route pour l'épicerie ou la boulangerie. Elle ne sembla même pas le voir.

Ses pas le menèrent devant le bureau de tabac où l'on vendait quelques revues et des articles de pêche. Un gros homme d'une quarantaine d'années était assis derrière le comptoir et Vincent eut un choc en le reconnaissant. Malgré les lunettes et les rares cheveux noirs ramenés en une longue mèche sur une tonsure large comme une assiette à soupe, il n'y avait pas de doute. Il s'appelait Marcel, mais Vincent avait oublié son nom de famille. Il prit un magazine sur le présentoir et fit mine de le feuilleter en observant à la dérobée celui qui avait été l'un de ses compagnons de jeu, vingt ans plus tôt. L'autre se dandina sur son tabouret, se racla la gorge et ouvrit la bouche, sans doute pour la première fois de l'après-midi qu'il avait dû passer comme un gros chat sur son tabouret derrière la caisse.

— C'est celui du mois dernier.

— Pardon ?

Le gros leva les yeux au ciel et reprit d'une voix molle et traînante :

— Je pense que ce n'est pas pour vous, alors je disais attention, j'ai pas encore reçu celui d'avril...

Vincent découvrit avec confusion qu'il avait dans les mains *Mon ouvrage, mon tricot* et le reposa précipitamment sur la pile en rougissant comme s'il se fut agi d'un ouvrage pornographique.

— Ça ne fait rien, euh... donnez-moi un paquet de Camel et une boîte d'allumettes.

— Une grosse ou une petite ?

— ... Pardon ?

— La boîte d'allumettes, une grosse ou une petite ?

Vincent se rapprocha et opta pour la petite dont il n'avait pas besoin puisqu'un briquet en or, gravé de deux initiales, reposait au fond de sa poche. Il l'avait trouvé à Sassoufro, sur une chaise longue au bord de la piscine, et n'avait pas fait trop d'efforts pour retrouver son propriétaire. Personne ne l'avait réclamé et au bout d'un an, il l'avait considéré comme définitivement acquis.

— Au revoir monsieur et bonne fin de soirée.

Marcel Giraud ! Voilà, c'était bien ce nom que l'on voyait inscrit en lettres blanches sur la porte vitrée qui se mit à sonner quand Vincent quitta la boutique. Marcel Giraud ! Vincent espérait ne pas avoir changé autant que lui. « En tout cas, il ne m'a pas reconnu », se dit-il. Pas étonnant. Qui pouvait imaginer qu'il reviendrait dans ce trou ? S'il avait su, Marcel l'aurait traité de cinglé. Revenir s'enterrer à Damery lorsqu'on a voyagé à travers le monde, quelle ânerie ! Marcel, quant à lui, n'avait jamais dû dépasser Moulins ou Montluçon.

Combien de temps Vincent allait-il rester à Damery ? Il se trouvait un peu jeune, quand même, pour prendre sa retraite ou finir comme Giraud, en faisant du lard au fond d'un petit commerce familial. Il faudrait voir. Pour l'instant, Vincent avait besoin de repos, de calme, de grand air, de sérénité, pour remettre ses idées en place. Il convenait de se poser, quelque temps, pour faire le point sur presque quarante ans de vie qui avaient filé si vite. Il avait l'impression désagréable d'avoir fui continuellement durant toutes ces années et de s'apercevoir, en fin de compte, que rien ni personne ne le pourchassait. Il se dit que l'Afrique lui avait mangé le cerveau, les envies et la volonté. Il y était resté trop longtemps. La vie et les plaisirs faciles avaient fini par lui « gâter » la tête, comme disait Antoine en parlant de certains Blancs qui noyaient leur désœuvrement dans des litres de whisky soda, vautrés à longueur de nuit dans les grands fauteuils de l'hôtel Royal Safari.

Vincent marcha jusqu'à la tombée de la nuit. Il resta quelques minutes assis sur le parapet craquelé du pont de l'Aumance, les yeux perdus dans le faible courant grisâtre qui coulait à trois mètres en contrebas. Lorsque le froid devint trop vif, il rentra à l'auberge.

Vincent est au milieu d'un cercle d'enfants, tous des garçons, qui le poussent de leurs mains tendues, se le renvoyant comme un paquet de chiffons en riant et en lui criant au visage :

— Il est amoureux, il est amoureux !

— Il l'a bécoté, on l'a vu, il l'a bécoté !...

Vincent les laisse faire, stoïque et résigné. Il ne pleure pas. Il les regarde dans les yeux chacun à leur tour et aucun d'entre eux ne soutient son regard. Ils continuent à tourner autour de lui en hurlant, et par moments un coup de pied l'atteint aux jambes. Il pivote sur place au rythme de leur ronde cruelle et ne prononce pas une parole. Il se contente de parer les coups et de ne jamais tourner le dos à celui qu'il sent prêt à frapper. Marcel Giraud est le plus virulent, la haine se lit sur ses traits vulgaires ; on devine que, plus encore que les autres, il a envie de faire mal. Une voix retentit au loin couvrant les cris des chenapans.

— Tiens bon Vincent, j'arrive !

François déboule comme un fauve au milieu du groupe. Il a une bonne tête de plus que tout le monde et se place en rempart devant Vincent. La plupart des gamins s'enfuient en riant, continuant leurs insultes dans la course, sans oser se retourner. Marcel Giraud, Mathieu Grandin et Robert Broche restent seuls et font face. Marcel a les poings serrés et crache entre ses dents :

— Ton cousin, c'est une lavette... Il fricote avec les filles, on l'a vu près du pont...

— Et alors ? Qu'est-ce que ça peut bien vous faire ? Vous êtes jaloux ou quoi ?

— Il est pas venu pour le match, il préfère les filles, c'est qu'une lopette !

Marcel ne sait pas ce qui le met tellement en colère, mais il sent que Vincent les a trahis, qu'il vient de franchir une étape qui le rend plus éloigné encore, plus étranger que jamais. Il ne peut se retenir, et son poing vient frapper Vincent dans les côtes. François le saisit par les revers de son blouson et le soulève à bout de bras. Il approche son visage du sien et lui murmure quelque chose que Vincent n'entend pas. Puis il l'amène jusqu'à la fontaine, l'élève plus haut encore et le laisse retomber dans le lavoir rempli d'eau trouble et savonneuse. Le silence revient peu à peu sur la place que les deux cousins traversent en courant. Deux femmes se sont arrêtées et les regardent passer en hochant la tête d'un air entendu.

III

Pendant les premières semaines, Vincent ne vit pas grand monde. Il passait le plus clair de son temps dans sa chambre, à lire ou à rêvasser, étendu sur la courtepointe rose qui recouvrait son lit, ou assis à la petite table en rotin près de la fenêtre. Derrière les rideaux blancs, il apercevait les toits ocre des maisons tristes et sur la droite, le clocher qui sonnait gravement toutes les heures. Au petit matin, alors qu'il ne dormait déjà plus, il entendait démarrer quelques voitures ou des pas qui résonnaient dans la rue Desboutin et s'arrêtaient devant la porte du café. Celle-ci s'ouvrait et se refermait au son d'un carillon discret, puis des voix enjouées montaient du rez-de-chaussée, étouffées et assourdies par les lames du plancher de chêne qui sentait bon l'encaustique. Lorsque sa tante s'inquiétait de le voir manifester aussi peu d'entrain, il lui répondait qu'il avait besoin de repos et de calme.

« Tu n'es pas malade au moins ? », demandait-elle en lui montant un bol de café brûlant et des tartines à la confiture de mûres.

— Tu es sûr que tu n'as pas récolté un de ces microbes qui pullulent dans leur nourriture bizarre ?...

Veux-tu que j'appelle un médecin, comme ça on serait sûr que...

— Mais non, ma tante, je vais très bien. Il faut seulement que je fasse le point, que je me réhabitue... Ne vous inquiétez pas...

La tante n'était pas vraiment convaincue et s'en était ouverte à son mari que l'attitude du neveu ne laissait pas non plus indifférent.

— Moi, c'est pas pour dire, mais je crois qu'il y a une histoire de femme là-dessous !

— Non ? tu crois ?

— Écoute, il avait une bonne situation là-bas. Pourquoi aurait-il tout abandonné ?... Et pour revenir ici !

— Non, je ne pense pas que ce soit la raison... Un chagrin d'amour, je l'aurais senti.

— Ma pauvre Marie, qu'est-ce que tu connais à ses choses-là ?

— Merci bien, c'est gentil de ta part. Je te rappelle que je n'ai pas toujours été une vieille femme...

— Ce n'est pas ce que je voulais dire, tu le sais bien...

Ils faillirent avoir une dispute et pourtant la tante avait raison ; il n'y avait pas d'« histoire de femme ». Il y avait eu des femmes, bien sûr, mais pas une qui ait mérité autant de nostalgie et de vague à l'âme. Non, cela n'avait rien à voir. Vincent aurait préféré, d'ailleurs, vivre ce genre de souvenir cruel et douloureux. Il aurait mieux compris ce qui lui arrivait. Il était revenu à Damery. C'était bien ce qu'il avait souhaité, non ?... Alors ? Que signifiait cette espèce de torpeur qui ne le quittait pas et le paralysait du matin au soir ? Le changement ? le climat ? Une maladie vicieusement tropicale ? le désœuvrement ?... Peut-être avait-il eu tort de revenir sur ses pas. Les images qui peuplent l'esprit d'un enfant de dix ans ne peuvent jamais renaître. Lorsque l'enfant a disparu, elles ont disparu avec lui...

Chaque après-midi, quand il sortait de la chaleur douillette et rassurante de la chambre numéro cinq, Vincent prenait sa voiture et roulait jusqu'à la forêt. La tante écartait du revers de la main le rideau blanc de la fenêtre embuée et le regardait s'éloigner, accompagnant sa fuite d'un haussement d'épaules et de deux ou trois soupirs.

Immanquablement, Vincent revenait vers le centre de la matrice végétale, vers le plus profond des bois, là où l'air devenait plus lourd, plus épais, dans l'ombre des branches qui se rejoignent et s'entrecroisent comme les motifs compliqués d'un plafond vert et brun au-dessus des chemins de gravier blanc. Il suivait lentement l'une ou l'autre des allées rectilignes qui traversent les parcelles et se garait à un croisement de pistes, un « rond » comme on disait ici, le Rond de Soulisse ou le Rond des Chers Buissons, celui de la Bouteille, de la Cave ou du Chevreuil. Il éprouvait un plaisir réparateur à sillonner les grandes futaies en foulant la mousse et les feuilles tombées, errant sans but, au hasard des sentiers à peine marqués et le long des fossés qui débouchaient parfois sur une clairière vaste comme un champ de courses ou au bord d'un étang envahi d'herbes aquatiques.

Vincent ne pensait à rien. Il se laissait faire, accordant son pas au calme immuable de la forêt, sensible aux bruissements nombreux et discrets dont il ne repérait pas toujours l'origine, attentif aux jeux de l'ombre et de la lumière qui traçaient des motifs changeants sur le sol devant lui.

Au cours de l'une de ses interminables promenades, Vincent aperçut un cerf et trois biches que les équipages et leur meute ne pourchassaient plus en cette saison. Les grands animaux se figèrent sur son passage, l'observant un instant à distance en essayant de se fondre par leur immobilité dans le taillis clairsemé. Puis, tout à coup, ils se mirent en mouvement et s'éloignèrent à grandes foulées élégantes et silencieuses, vers un abri plus sûr.

A cette exception près, il ne rencontra pas âme qui vive. Quelquefois, en passant près d'un chêne haut de trente mètres et vieux de deux cents ans, il se souvenait de l'article et du cadavre découvert sous l'humus. Peut-être n'était-il pas le seul ?... Si les arbres avaient une mémoire, ils avaient dû en voir dans ces sous-bois, comme dans les légendes que lisait autrefois la tante Marie, où les démons et les méchants finissaient toujours par disparaître au plus profond de la forêt, qui les engloutissait pour ne jamais les rendre...

Lorsque des crépitements lointains de tronçonneuses ou le craquement des troncs qui s'abattent lui parvenaient, bégayés par le vent de nord-ouest, Vincent incurvait inconsciemment sa progression jusqu'à ne plus les entendre, comme un animal sauvage qui se détourne des habitations sur la route qui le mène au point d'eau. Jamais il ne se perdit. Invariablement, un peu avant le crépuscule, il revenait vers la voiture, débouchant d'une voie opposée à celle qui lui avait permis de s'en éloigner. Il repartait lentement vers Damery, laissant derrière lui la frontière brutale qui sépare bois et campagne. A mesure qu'il s'en éloignait, la haute lisière virait du brun-vert au bleu sombre et finissait par se dissoudre à l'horizon, dans un ciel déjà envahi par l'approche de la nuit.

Vincent passait par l'arrière de l'auberge. Il entrait dans la cuisine, soulevait un couvercle en respirant la vapeur qui montait vers son visage, il souriait à sa tante et se léchait les babines en roulant des yeux qu'il souhaitait pleins de gourmandise. La vieille femme, une fois de plus, hochait la tête.

Vincent poussait ensuite la porte battante qui séparait la cuisine du restaurant, et se dirigeait vers sa table, reconnaissable au litre de vin entamé et à la serviette roulée au bord de son assiette. En traversant la salle à manger, il adressait quelques signes de tête aux pensionnaires qui ne pouvaient s'empêcher, parfois, de loucher sur ses souliers maculés et sur les traces humides qui souillaient le bas de son pantalon. Dans son dos, des sourcils se haussaient et des bouches se plissaient en moues dubitatives qui ne donnaient pas cher de son intégrité mentale. Mais très vite le patron posait les plats fumants sur les tables, on coinçait d'un doigt le coin de la serviette en coton dans son col de chemise, on se versait un verre de rouge épais qu'on avalait d'un trait en renversant la tête, et on oubliait ce client original et peu bavard dont on savait seulement qu'il revenait des « colonies ».

Il est aisé de se fondre dans la foule anonyme des grandes villes, Vincent en avait fait l'expérience. Dans les campagnes, c'est une autre histoire. Un nouvel arrivant, fût-il un revenant, se voit octroyer un délai plus ou moins long pendant lequel on l'observe avec une patience quelque peu méfiante et une curiosité que l'on tente d'enrober d'un minimum de discrétion. Ensuite, qu'il le veuille ou non, l'étranger doit faire son choix : se soumettre aux épreuves rituelles qui marqueront son admission par la communauté, ou s'exclure, définitivement. C'est donc tout naturellement que Vincent se vit convier au repas bimensuel qui rassemblait quelques personnalités de Damery, association informelle que tout le monde appelait le « club des célibataires ».

— Soyez le bienvenu parmi nous, monsieur Barillet, et sachez que nous sommes fiers d'accueillir aujourd'hui un enfant de Damery qui a choisi de revenir au pays.

L'homme qui venait de parler avait la rondeur et la calvitie d'un notaire, du moins tel que Vincent les avait toujours imaginés. En fait, il était directeur de l'agence locale du Crédit agricole et président du club de football, « le Stade aumançais ». Pendant que le quinquagénaire grassouillet faisait les présentations, Vincent promena son regard sur l'assistance et dénombra huit convives qui le contemplaient en souriant. Il faillit leur dire qu'ils confondaient, qu'il n'était pas le conférencier des soirées « Connaissance du monde », et qu'il n'y aurait pas de diapositives commentées au cours de cette soirée.

— ... Jeune homme, j'ai personnellement très bien connu votre père, qui était un être remarquable. Sa disparition m'a bouleversé, ainsi que bon nombre de nos concitoyens...

Et voilà, c'était parti ! Celui qui venait de prendre la parole devait être instituteur, voire même directeur du collège. Les autres avaient cessé de sourire et opinaient gravement du chef à l'écoute de cet éloge funèbre. Vincent eut envie de s'en aller. Dans un instant, le feu roulant des questions allait commencer... « Dites-moi, cela doit vous faire un drôle de changement »... « Il paraît que les pays d'Afrique sont dans une situation catastrophique actuellement ? »... « J'ai connu un marchand de bois qui venait du Zaïre, un monsieur très raffiné, beaucoup de classe... Vous l'avez peut-être rencontré ? »... « Comment fait-on pour éviter toutes ces maladies, il n'y a pas d'eau potable, n'est-ce pas ? »... « Vous avez vu des tigres, non ? Et des éléphants ? On dit qu'ils sont protégés maintenant ? »... « Quand elles sont bien nourries, les Africaines peuvent être très jolies, vous voyez ce que je veux dire ? »... « Ils ont la télévision ? Et le cinéma, ça existe ? »... « Je crois que je ne pourrais pas m'habituer à leur nourriture, c'est plein de piment »... « Vous étiez dans la Coopération ? »...

Vincent avait envie de s'en aller, mais il ne pouvait pas. Ces gens avaient la gentillesse de l'inviter en espérant rompre sa solitude et même si c'était leur propre ennui qu'ils cherchaient à dissiper, il fallait faire un effort. Ce n'était pas la première soirée pénible qu'il lui était donné de vivre, et pas la dernière sans doute. Il fallait absolument dire quelque chose, sourire, parler, raconter, amuser...

Après le toast porté en son honneur, Vincent se concentra sur la salade de tomates que l'oncle Georges venait de servir à point nommé. Tout en mâchant lentement le hors-d'œuvre, puisqu'il est malséant de parler la bouche pleine, Vincent dévisageait discrètement ses compagnons de table. Ceux-ci respectaient son silence et attendaient patiemment qu'il commence le récit de ses aventures. Que pourrait-il leur dire ? Qu'il n'était pas le docteur Schweitzer et qu'en fait de voyages palpitants il s'était contenté de servir de larbin à des gens comme eux, petits-bourgeois en mal d'exotisme qui débarquaient par fournées successives dans le grand hall du Royal Safari, accablés déjà de chaleur et suant à grandes eaux sous les pales des ventilateurs immenses.

— Vous savez, il ne faut rien exagérer...

Enfin, il se lançait. Il répondait à une question qu'il avait à peine entendue et encore moins comprise. Peu importe. Le malaise semblait se dissiper. Il redevenait normal et fréquentable. Les langues se délièrent toutes ensemble et une marée de mots vint déferler sur la table, un flot au milieu duquel Vincent reprit confiance. On se mit à faire des comparaisons, politiques, géographiques, sociologiques, médicales et artistiques. Chacun assenait ses vérités, apportait les réponses à ses propres questions, faisait ses confidences, riait à tout bout de champ, et Vincent comprit qu'il suffisait de se laisser calmement glisser dans le courant de la conversation, d'éviter de créer des remous, et que tout se passerait bien.

— Moi aussi je connais l'Afrique. La boîte nous a payé un séjour d'une semaine au Sénégal, il y a deux ans.

Le jeune homme blond arborait une cravate moutarde sur une chemise mordorée. Au jeu des familles, Vincent hésitait entre la catégorie expert-comptable et celle d'agent d'assurances.

— Bien, très bien... Et ça vous a plu ?

— Oh vous savez, ce que j'ai remarqué, surtout, c'est la crasse ! Tant qu'on reste dans l'hôtel ou sur la plage, ça va... Mais dans les villages ! La saleté, la misère, la puanteur !... A mon avis, ils ne s'en sortiront jamais, ils ont pris trop de retard et trop de mauvaises habitudes. Pour des vacances, d'accord, mais pour y vivre... Alors là, sans moi !

Bien sûr, crétin. Mais rassure-toi, ton avis n'intéresse personne là-bas et ton passage ne changera pas le cours de leur vie. Malgré la colère qui montait, Vincent s'efforça de contourner l'écueil sans rien laisser paraître, puis il se remit à pagayer au même rythme que les autres, reprenant sa place au sein du convoi. Son regard croisa celui de la jeune femme brune aux yeux verts. Son sourire montrait qu'elle avait compris et qu'elle le trouvait charitable à l'égard de son voisin. Au cours de ce bref échange oculaire chargé de complicité, il crut saisir que, ce soir, elle ne se laisserait pas raccompagner par le comptable. Mais peut-être n'était-ce qu'une impression...

— Mais dites-moi, pourquoi ce « club des célibataires » ? J'aperçois des alliances aux doigts de certains d'entre vous...

Instinctivement, la plupart des convives se mirent à se masser l'annulaire de la main gauche. Le notaire-banquier répondit en riant.

— C'est une coutume qui remonte assez loin, je dois dire. Nous sommes presque tous mariés, mais c'est un bon moyen pour échapper aux routines conjugales. Les conjoints n'ont pas le droit d'être présents ensemble. Ils viennent chacun à leur tour, vous comprenez ? Je dois dire que ce soir, nous avons eu toutes les peines du monde pour résister aux demandes de dérogations. Mais le règlement, c'est le règlement ! Seuls les vrais célibataires ont tous les droits.

La jeune femme regardait ses mains fines étalées sur la nappe blanche. Elle ne portait pas d'alliance. Le comptable non plus.

— Regarde Fifi, regarde les barques !

— Ce sont des pirogues, madame...

— Ah bon... Mais je disais cela pour la petite, pour qu'elle comprenne... Tu les vois Fifi ?

Fifi les a vues. Fifi est une grosse enfant de dix ou onze ans, presque jolie pourtant, mais que sa mère a cru bon d'affubler d'un chapeau de brousse pour la protéger du soleil. Elle se tient debout sur la plage, au milieu du groupe d'estivants en tenue légère et bigarrée qui photographient les scènes typiques et archaïques du retour de la pêche. Un peu plus loin sur la gauche, des femmes en pagnes aux couleurs vives vident des poissons qu'elles recouvrent de sel avant de les étaler sur des claies au-dessus des feux de bois. Une odeur âcre de poisson séché et de fumée se répand sur la plage et quelques touristes se bouchent ostensiblement les narines en se lançant des plaisanteries de mauvais goût.

Vincent s'écarte de quelques pas du groupe émerveillé et docile qu'il promène depuis le matin. Ils ont déjà vu la forêt des singes, ils ont goûté le vin de palme, acheté des colliers ou des masques habilement et artificiellement vieillis par les artistes locaux, ils ont entendu les griots et leurs tambours, ils attendent maintenant l'heure de l'apéritif en regardant revenir les pêcheurs.

Vincent ne se lasse pas de ce spectacle. Il oublie les clients du Royal Safari, il est seul face à la mer qu'illumine un soleil immense et rendu presque blanc par la brume que la chaleur et les embruns font monter au-dessus de l'océan. A cinquante mètres du rivage, les rouleaux déferlent avec régularité, dans un grondement formidable. Les rameurs sont cinq ou six par pirogue, longues embarcations primitives façonnées dans des troncs d'arbres évidés par le feu. Elles se rassemblent derrière la barre, se balançant au gré de la houle qui, par moments, les dissimule entièrement dans le creux sombre d'une vague de plus de trois mètres. Les chefs de bord attendent le moment propice pour lancer la manœuvre en direction de la plage. Avec un peu d'expérience et d'habitude, on voit que les vagues ne sont pas aussi régulières qu'on pourrait le croire. Elles arrivent par séries de trois, de cinq ou de sept. Rarement un nombre pair. Les deux dernières de la série sont les plus grosses et donc les plus dangereuses. Lorsqu'on a compris le principe, il suffit d'être patient, d'avoir le cœur bien accroché, et de savoir compter jusqu'à sept.

La première pirogue démarre entre deux lames. Les hommes la propulsent aussi vite qu'ils le peuvent, droit vers le rivage, accompagnant leur effort d'une sorte de chant sourd et rythmé. La deuxième vague les rejoint, s'ourle en son sommet d'un liséré de mousse blanche et se cabre une dernière fois comme si elle voulait les engloutir. On voit saillir les muscles des épaules noires et des bras tendus que prolongent les courtes pagaies. Le rouleau éclate derrière eux mais il est trop tard, ils glissent déjà dans la pente verte et liquide, l'écume ne les rattrapera pas. Bientôt la pirogue vient accoster en raclant le sable granuleux qui monte en pente douce jusqu'aux premiers cocotiers. Les pêcheurs la tirent au sec et des enfants noirs et nus courent en riant autour d'eux.

— Mesdames et messieurs, si vous voulez bien remonter dans le car, nous allons regagner l'hôtel.

Le groupe se met en marche silencieusement, encore ébloui par le spectacle et se déplaçant avec difficulté dans le sable brûlant où les pieds s'enfoncent profondément. Machinalement, Vincent compte ses ouailles. La femme en short rouge se penche vers sa fille :

— Tu les as vus, hein Fifi ?... T'as vu comme ils sont costauds !

Vincent frissonna. Il avait froid. Il voulut ramener sur lui le drap qui avait glissé, mais ses doigts rencontrèrent la rondeur d'une cuisse, et tout lui revint. Elle dormait à ses côtés, allongée sur le ventre et enserrant l'oreiller de ses bras nus. Il se pencha vers elle pour l'observer à la lumière du jour qui filtrait à travers les rideaux de tulle blanc quelque peu défraîchis. Il n'était pas dans sa chambre de l'auberge, il était chez elle, dans son lit. Il avait dû finir par s'endormir du côté gauche, là où le matelas touchait presque le mur. Une bouteille de cognac à moitié vide et un cendrier plein de mégots sur une table basse s'imposaient à la vue, comme autant de pièces à conviction permettant de reconstituer les premiers instants de leur emploi du temps commun. Une robe et des sous-vêtements féminins reposaient en désordre sur une chaise ; plus aucun doute n'était possible. Vincent fut secoué nerveusement par un fou rire silencieux. Il ne pouvait s'empêcher d'évoquer la phrase rituelle, ridicule et prétentieuse, celle que prononce le héros en s'adossant aux oreillers après avoir allumé une cigarette : « Alors, heureuse ? »

Son rire se transforma en grimace. En général, c'était à ce moment-là, au petit matin, que les choses se gâtaient. Après l'abandon et le plaisir, la gêne et la honte ne tarderaient pas à s'abattre sur lui. Cela finissait toujours ainsi. Il suffisait d'un détail, d'un rien : la peau soudain blafarde dans la première lueur de l'aube, le tracé bleuâtre d'une veine au creux du genou, le galbe imparfait d'un sein, une attitude, une phrase prononcée la veille qui revenait tout à coup, vulgaire, la couleur des cheveux, un bruit de gorge échappé du sommeil... et le désir brusquement devenait répulsion. Ce n'était pas leur faute, mais il était ainsi et n'y pouvait rien. Ce n'était pas la première fois qu'il éprouvait ce genre de dégoût égoïste. Il n'avait alors qu'une envie : ramasser ses affaires et disparaître au plus vite. Un escroc, un tricheur, un lâche, voilà ce qu'il était. Il avait profité d'elle, il s'en était même régalé et maintenant il se permettait une revue de détail impudique et sordide, un inventaire dont le seul but était de la lui rendre haïssable.

Mais elle l'avait bien cherché après tout. Il ne lui avait rien demandé. Elle était belle pourtant, et l'odeur un peu sucrée qui montait de son corps endormi l'émouvait encore. Oui, mais bientôt, elle allait se réveiller et demander l'heure. La scène se déroulait déjà sous ses yeux, visionnée à maintes reprises, rembobinée et repassée comme une bande magnétique, au ralenti ou en accéléré, avec ou sans le son. Il craignait tout à coup qu'elle ne se mette à raconter sa vie, qui ne pouvait être qu'une succession de drames et de désillusions. Il n'avait pas envie de savoir, il ne voulait pas faire semblant de comprendre et de compatir. Il aurait préféré que durent ces instants d'insouciance qui les avaient éloignés de la réalité pendant quelques heures. Elle allait se mettre à parler de déceptions, d'échec, de séparation, de tristesse. Elle ne manquerait pas d'évoquer l'avenir et les complications qui forcément l'accompagnaient. Il aurait dû se méfier hier soir lorsqu'elle avait fait allusion à la solitude.

Vincent ne savait plus par quel habile stratagème elle avait réussi à évincer le blondinet énamouré. Personne n'avait rien remarqué, pas plus lui que les autres. Il se souvenait des adieux interminables qui s'étaient poursuivis jusque dans la rue où les voix trop fortes se répercutaient d'un mur à l'autre ; ensuite, ils s'étaient retrouvés seuls, côte à côte devant la porte, pendant que la dernière voiture s'éloignait dans le grincement horrible d'une vitesse mal engagée. Il n'avait même pas eu le temps de chercher une phrase de circonstance, spirituelle si possible, elle avait pris les devants :

— La solitude, c'est presque pire ici qu'ailleurs...

Elle n'avait rien ajouté mais elle s'était rapprochée de lui et il avait senti son bras contre le sien à travers sa veste. Ils étaient restés un long moment sans rien dire, à regarder le lampadaire du bout de la rue qui n'éclairait qu'une minuscule portion de trottoir. Et puis il l'avait embrassée.

Elle s'appelait Anne. Elle dormait à côté de lui, mais il n'éprouvait déjà plus rien pour elle, pas même une pincée de tendresse. Il n'avait pas envie d'essayer de l'aimer. Il se demandait s'il allait fuir sans bruit ou attendre un peu pour mettre fin avec un minimum d'élégance à une aventure qu'il regrettait déjà. C'était toujours la même histoire : elles le choisissaient, il se laissait faire et leur idylle s'arrêtait là, ou à peine un peu plus loin. Un jour pourtant il faudrait bien qu'il la trouve, celle qui était faite pour lui. Elle devait bien exister, bon sang...

— Quelle heure est-il ?

— J'en étais sûr ! Il est huit heures et la question suivante sera : est-ce qu'il fait beau ?

D'un mouvement souple et soyeux, elle se retourna et s'assit en remontant les genoux contre sa poitrine. La lumière du jour la fit cligner des yeux. Quand elle eut dissipé cet éblouissement matinal, elle regarda Vincent avec un étonnement amusé.

— Qu'est-ce que tu racontes ?

— Rien, j'avais parié que tu demanderais l'heure avant de me dire bonjour... J'ai gagné, tu prépares le café.

La jeune femme déposa un baiser léger sur sa joue et se leva d'un bond. Il n'eut pas le temps de détailler sa nudité, elle s'enveloppa en un clin d'œil dans un peignoir qu'il prit pour de la soie, et disparut dans la cuisine.

Ils burent le café, assis en tailleur sur le lit défait. Anne regardait Vincent dans les yeux, au-dessus du bord de son bol blanc cerclé d'un liséré rouge. Il ne put soutenir son regard et fit semblant d'examiner la pièce.

— Tu trouves que c'est moche, n'est-ce pas ?

— Quoi, ce qu'on vient de faire ?

— Mais non idiot, cette chambre, cette maison...

— Oh tu sais, du moment que c'est bien chauffé, chacun ses goûts...

Le mobilier effectivement semblait vieillot, tout comme la tapisserie où des feuilles de vigne beiges étaient censées égayer une toile d'un marron très foncé.

— Je ne suis pas chez moi ici, la maison appartient au pharmacien qui me l'a louée pour trois mois.

Et puis comme si de rien n'était, à moins qu'elle n'ait deviné ses réflexions antérieures :

— Je m'en vais dans trois jours, j'ai trouvé une place près de Limoges.

— Ah bon ?

La réponse n'était pas vraiment interrogative. C'était plutôt une constatation qui ne révélait pas la moindre émotion.

— Je sens bien ce qui te tracasse, mais ne t'en fais pas, je suis une intérimaire perpétuelle.

Elle raconta un peu, mais pas trop. Vincent apprit qu'elle faisait des remplacements dans les pharmacies de la région, le temps d'une maternité ou d'une maladie. Elle restait un mois ou deux, et puis elle repartait, refusant de se fixer dans un endroit plutôt qu'un autre. Elle lui expliqua qu'elle ne concevait pas d'autre existence pour l'instant.

— Quand j'arrive dans une ville ou un village, les gens ne me connaissent pas. C'est le meilleur moment. Le seul. Après, j'ai l'impression qu'ils cherchent la faille, le point faible... Alors je m'en vais avant qu'ils ne me fassent souffrir. Avec les hommes, c'est la même chose, excuse-moi.

Vincent l'écouta sans rien dire. Lui aussi était parti, il y avait très longtemps. Il ne lui dit pas qu'il aimerait la suivre ou la garder auprès de lui. Il ne lui dit pas non plus que cette peur des autres était en elle. Il n'essaya pas de lui redonner confiance. Il savait qu'il le regretterait peut-être, demain, dans trois jours, dans un mois, mais il n'eut pas un geste vers elle. Elle se pencha vers lui et lui ébouriffa les cheveux d'une main douce.

— Tu ne m'en veux pas ? On gardera tout de même un beau souvenir l'un de l'autre... Non ?

Vincent ne répondit pas tout de suite. Il s'approcha de la fenêtre et regarda passer un troupeau de vaches blanches qui glissaient en silence dans le chemin boueux derrière la petite maison. Deux chiens roux faisaient la navette d'un bout à l'autre de la colonne, harcelant les retardataires pour les forcer à allonger le pas. Une gamine en robe, chaussée de bottes de caoutchouc trop grandes pour elle, suivait à distance en feuilletant les pages d'un roman-photo. Il colla son front à la vitre froide et parla en louchant sur le rond de buée créé par son souffle :

— Il sera beau, ton souvenir. Je le mettrai dans la boîte avec les autres, au-dessus de la pile. Quand la boîte sera pleine, je n'aurai plus qu'à m'asseoir dans un fauteuil et je pourrai passer le reste de ma vie à contempler tous ces souvenirs, les uns après les autres, comme des photos de famille. Ça me fera une belle jambe...

IV

— Bonjour Vincent.

— Salut.

Il sent la panique l'envahir. Il a répondu en s'efforçant d'adopter une voix grave, plus mâle, mais il ne sait pas comment s'y prendre. Personne, jamais ne lui a expliqué comment on doit se comporter avec les filles. Est-ce qu'elles préfèrent les brutes insensibles et sûres d'elles ou doit-on se montrer plein d'égards à leur endroit ? Personne ne lui a rien dit. Avec François quelquefois, ils échangent des plaisanteries, comme des grands pour qui le sujet n'aurait plus aucun mystère, mais cela n'a rien à voir, c'est juste pour rire. Vincent a vu un film à la salle des fêtes, il y a quelque temps, mais il a fermé les yeux au moment où le héros s'apprêtait à embrasser la jeune fille du château. Il a eu honte, pour eux, pour lui, il n'a pas vraiment compris ce qui lui arrivait, mais il ne voulait pas les voir. Il n'a rien entendu non plus des mots doux qu'ils échangeaient ; ses oreilles se sont mises à bourdonner étrangement tandis qu'une chaleur inconnue montait du fond de son ventre. Tant que le chevalier s'est contenté de croiser le fer avec les ennemis du roi, tout allait bien. Vincent a crié avec les autres lorsqu'il a enjambé le balcon et sauté sur son cheval, dix mètres plus bas. Il a presque applaudi lorsque le traître a rendu l'âme en implorant pardon et en révélant dans quelle horrible cachette il retenait la princesse prisonnière. Mais la scène d'amour, Vincent ne l'a pas supportée. Il est sorti de la salle avant la fin de la séance.

Aujourd'hui, il éprouve la même sensation. Il voudrait se retrouver très loin, se cacher, pouvoir la contempler sans qu'elle s'en aperçoive... Il sourit bêtement et ne trouve rien à dire. Elle va s'en aller devant tant de niaiserie. Mais il ne faut pas qu'elle parte ! Si elle se montre un peu patiente, il va lui parler... Non, il n'osera pas. Mais que peut-on dire, quand on a onze ans et que l'on a abandonné une partie de football pour... Pour quoi, au juste ? C'est trop compliqué... Quand on aime un chien, on le serre contre soi, on le caresse en lui parlant tendrement, il vous lèche les joues et les mains, on frotte son visage contre la douceur de son poil. Et une fille ? Il faut parler. Mais il va avoir l'air d'un con, c'est certain... Il ne peut tout de même pas lui lécher les joues ! Le mieux c'est sans doute de lui parler d'autre chose, gentiment, en espérant qu'elle comprendra, qu'elle saura traduire et découvrir le vrai sens des phrases. Quand il demandera si elle a passé une bonne journée, elle comprendra : « Je t'aime et je veux rester près de toi le plus longtemps possible, tout le temps si possible. »

— Vincent...

— Hein, quoi ?...

— On marche un peu le long de la rivière ?

— Si tu veux.

Il tremble. Il n'a jamais vu un visage aussi beau. Ils

descendent la petite pente vers le bord verdoyant de l'Aumance. Machinalement, il a pris sa main pour éviter qu'elle ne glisse dans la descente. Il ne s'en rend compte qu'une fois au bord de l'eau. Elle ne fait rien pour enlever sa main de la sienne. Entre son cœur et le reste de son corps il y a comme un vide énorme. Il ne se sent pas marcher, il ne sait même plus s'il respire. Il croit qu'elle entend comme lui ce roulement de tambour qui monte de sa poitrine et envahit sa tête.

Les beaux jours finirent par arriver et à l'aube du douze juin, Vincent sut instinctivement que son état s'améliorait. Cela commença par un rayon de soleil qui s'insinua dans la chambre entre les doubles rideaux qu'il ne fermait jamais complètement. La lumière ainsi créée semblait différente, plus chaude, plus vivante. Il la regarda envahir progressivement les motifs rouge et or de la descente de lit et remonter lentement le long des couvertures, jusqu'à lui. Lorsque la flaque dorée atteignit ses genoux, il décida de se lever. Les cheveux ébouriffés et clignant des yeux, il se mit à la fenêtre pour constater qu'aujourd'hui, la rue Desboutin avait des allures presque gaies.

Ce n'était sans doute qu'une impression, rien n'avait changé, tout était dans sa tête, mais il lui sembla que le village se réveillait après un trop long hiver. Quelqu'un, semblait-il, avait profité de la nuit pour masquer les façades trop grises en les recouvrant de feuilles de glycine et de vigne vierge. On avait lâché des oiseaux qui sillonnaient les pans de toile bleue tendue entre les toits. Des volets claquaient les uns après les autres en s'ouvrant sur des chambres et des salons que Vincent avait cru vides ou peuplés de vieillards définitivement alités.

Pour la première fois, il aperçut des femmes qui se penchaient aux fenêtres et il entendit des voix gaies sorties de transistors invisibles. L'épicier ambulant garait sa camionnette blanche à l'enseigne des Économats du Centre. Il salua Vincent en soulevant sa casquette de velours grenat, avant de disparaître dans l'auberge, impatient d'aller retrouver ses habituels compères pour le rituel journalier des petits blancs secs qui donnent du cœur au ventre. Pour une fois, compte tenu de la douceur de l'air, on pouvait mettre ce mauvais penchant sur le compte d'une vraie soif.

Des cris et des claquements de semelles s'élevèrent du bout de la rue et Vincent aperçut des gamins qui couraient vers l'école. A l'approche des dernières semaines de labeur, ils paraissaient plus vifs, plus bruyants, plus rieurs. Ils se poursuivaient le long des trottoirs, les mains aux épaules pour retenir leurs cartables brinquebalants, et leurs cris joyeux résonnèrent jusque sur la place où ils se regroupèrent en cercles chuchotants pour se confier les derniers secrets avant la cloche de huit heures. Les chiens, ameutés par leurs cavalcades, aboyaient du fond des cours et des jardins, peu impressionnés par les voix courroucées qui tentaient de les faire taire.

Vincent eut l'impression qu'il était en train de refaire surface. Il était capable, à nouveau, de s'intéresser à ce qui se passait autour de lui. Pour la première fois depuis bien longtemps il ressentit un élan de sympathie, une sorte de tendresse diffuse à l'égard du village, de ses habitants, et même du monde entier. Il se surprit à siffloter pendant qu'il se rasait et s'adressa un sourire dans la petite glace de l'armoire de toilette. Il avait une sale gueule pourtant. Il n'avait jamais vraiment aimé les traits de son visage, mais aujourd'hui, c'était pire encore. Pour éviter de s'apitoyer à nouveau sur son sort, il tordit la bouche, se mit à loucher, à tirer la langue et à composer tout un registre de grimaces en émettant les bruits les plus incongrus. Cette thérapeutique primaire donnait généralement d'assez bons résultats, à condition bien sûr que personne ne vous surprenne au beau milieu de ce genre d'exercice. La séance se termina par un clin d'œil au double de la glace, accompagné d'un geste de séducteur napolitain lissant d'une main quelques mèches rebelles d'une chevelure abondante et gominée. Après une profonde inspiration qui lui bomba exagérément le torse, Vincent décréta qu'il était guéri et qu'il pouvait dorénavant affronter sa nouvelle existence. Il était prêt. Cet après-midi, il irait rendre visite à François.

Dans l'escalier étroit montaient les effluves appétissants de café au lait, de cochonnaille et de pain frais. Les habitués furent surpris de le voir aussi matinal et plus encore lorsqu'il vint s'asseoir à leur table. Ils ne firent toutefois aucune remarque et poursuivirent le dialogue animé et fortement polémique qui les réunissait chaque jour depuis des lustres et participait à la conservation de leurs capacités intellectuelles.

— Est-ce que vous avez regardé le match hier soir ?... Une véritable catastrophe... Attends Robert, laisse-moi parler : moi je vous le dis, tant qu'ils garderont Boccioni en défense, on ne s'en sortira pas. C'est une mule ce gars-là, une vraie mule !...

Depuis très longtemps, Vincent ne s'était pas intéressé au petit monde du football, mais il fit semblant.

Ses questions, sans doute naïves aux yeux de connaisseurs aussi passionnés qu'avertis, déclenchèrent l'hilarité générale, mais il n'en avait cure. Il était content. Les autres se moquaient de lui, mais il ne leur en voulait pas. Tout était bon, plutôt que de replonger dans le grand vide qu'il venait d'approcher dangereusement au cours des semaines précédentes. Le boucher déjà ceint de son tablier blanc lui donnait de grandes claques dans le dos. Vincent avait presque envie de lui dire de ne pas s'arrêter, qu'elles lui faisaient un bien énorme et qu'il en avait besoin. Il mangea, but avec eux, raconta quelques histoires drôles qui n'étaient pas encore arrivées jusqu'à Damery et ajouta quelques pierres à l'entreprise de reconstruction du monde qui s'ébauchait autour de la table recouverte de Formica imitant les dessins du marbre.

Bien évidemment, on parla un peu du Suisse qui était venu terminer brutalement son existence sous les chênes de Tronçais, et tout le monde s'accorda pour déclarer que cette histoire n'était pas claire, qu'il fallait chercher du côté de la politique ou du trafic de devises.

L'oncle Georges écoutait en surveillant la scène, essuyant pour la cinquième fois le même verre et faisant mine de ranger les bouteilles alignées derrière son comptoir. Il ne comprenait pas les causes de ce revirement brutal dans l'attitude de Vincent, mais il préférait de très loin ce neveu-là au zombie ténébreux qui hantait l'Auberge du Pont depuis bientôt deux mois.

Finalement, se disait Vincent, la vie c'est tout simple : une famille, un métier, une maison, quelques amis, un bout de jardin, une promenade le dimanche en sortant de table, un itinéraire bien tracé, bien balisé et sans trop d'embûches... Des millions de gens vivaient ainsi. Et pourquoi pas ?

Ils se séparèrent joyeux et un peu éméchés, chacun regardant sa montre pour évaluer le retard déjà accumulé et regrettant de ne pouvoir prolonger ces moments fraternels pendant lesquels personne n'était sur votre dos pour vous donner des ordres ou vous faire rendre des comptes.

— Ben dis donc, Georges, c'en est un drôle ton neveu ! Pourquoi nous l'avais-tu caché si longtemps ?

Malgré les indications données par l'oncle Georges, Vincent eut beaucoup de mal à trouver la ferme de François. La DS avait tourné et viré sur des petites routes toutes semblables qui longeaient les mêmes haies touffues et débouchaient sur des carrefours où les panneaux indicateurs arboraient des noms moyenâgeux qui ne pouvaient que renforcer la perplexité du voyageur ordinaire et contribuaient à l'égarer encore davantage. « La croix de la Bourrique », « La Justice », « Les petits Barathons », « Les Bruyères de Beguin », « La Raimbaude », « Chez Dieu »... A moins d'avoir vécu ici toute sa vie, on risquait de visiter bon nombre d'écarts et de culs-de-sac avant de parvenir à destination. Vincent s'était retrouvé à plusieurs reprises au beau milieu d'une cour, accueilli par les hurlements des chiens de garde, qui griffaient ses portières et découvraient une dentition impressionnante en bavant contre les vitres de la voiture. Et personne n'apparaissait sur le pas des portes, pas une âme à qui demander son chemin.

Imperturbable et obstiné, Vincent reculait au milieu des engins agricoles et des tas de bois, faisait demi-tour et repartait à la recherche de l'hypothétique « domaine des Grandes Fontaines », poursuivi par les molosses que cette intrusion réjouissait en leur donnant l'occasion de se dégourdir les pattes. Drôle de pays et drôle d'accueil. Alors que, pour une fois, il se sentait dans de bonnes dispositions, le bocage avait l'air de le narguer et de l'entraîner bien malgré lui dans un jeu de piste pervers et compliqué, comme pour lui rappeler qu'il n'était après tout qu'un étranger et qu'au pays des légendes et de la sorcellerie n'est pas admis qui veut.

A force de tourner sur lui-même, de couper et recouper des chemins qu'il croyait reconnaître, Vincent finit par se perdre. Il ne savait même plus dans quelle direction se trouvait Damery. A quelques centaines de mètres, les cimes des chênes de la forêt de Tronçais moutonnaient en vert et bleu.

Merde, avoir « fait » l'Afrique et venir se perdre au cœur du Bourbonnais, c'était un peu fort ! Il n'y avait plus qu'une solution ; il fallait trouver un téléphone et appeler François pour en finir avec cette partie de cache-cache. Sur sa droite, un chemin de terre rectiligne s'engageait entre des prairies et des champs de maïs. Vincent y lança la voiture sans se soucier des trous qui malmenaient les amortisseurs. Et cette fois-ci, il trouverait quelqu'un, même s'il devait tambouriner pendant dix minutes à la porte. A cinq cents mètres devant lui, le chemin franchissait un portail monumental qui s'ouvrait dans un long mur d'enceinte recouvert de lierre. La grille en fer forgé, surmontée de piques en forme de pertuisanes, était entrouverte. Sur l'un des battants, une plaque en métal émaillé donnait le nom du domaine : « La Rouvraie ». Le panonceau semblait avoir été criblé de plomb par un chasseur maladroit ou malveillant, du numéro huit qui avait écaillé la surface blanche et percé des trous dont les bords commençaient à rouiller, comme les lèvres d'une plaie infectée.

En apercevant le bâtiment qui se profilait à contre-jour sur le ciel limpide, Vincent ressentit une étrange impression. Il connaissait cet endroit, il y était déjà venu. Mais non ! C'était la fatigue, l'énervement. A force de tourner en rond, toutes les baraques de ce canton finissaient par se ressembler. Il se gara devant la grille et la sensation s'accrut encore, doublée d'un malaise qu'il ne put s'expliquer sur le moment. Il avait déjà vu cette maison. Mais quand ? Un frisson lui hérissa la nuque tandis qu'il s'avançait entre les piliers du portail. Pas un bruit, pas d'aboiements, aucune présence humaine. Des herbes hautes avaient envahi le chemin et personne n'avait tondu les pelouses depuis bien longtemps. Des orties et des arbustes de toutes sortes avaient remplacé ce qui devait être autrefois des massifs de fleurs. La maison d'allure bourgeoise paraissait en bon état, mais des ronces grimpaient jusqu'au rebord des fenêtres du rez-de-chaussée.

Vincent faillit rebrousser chemin, mais la curiosité l'emporta. Manifestement, cette demeure n'était pas habitée. C'était peut-être une résidence secondaire, un relais de chasse ou une maison de rendez vous ; en tout cas, les propriétaires étaient absents. Sinon commcnt expliquer qu'ils puissent laisser les abords dans cet état-là. Il fallait être tombé bien bas ou avoir renié tout amour-propre. Vincent leva les yeux vers les fenêtres derrière lesquelles rien ne bougeait. L'impression était toujours là, comme un nom sur le bout de la langue qui refuse de venir à la conscience. Il fallait en avoir le cœur net ; il s'était déjà trouvé dans ces lieux, mais à quelle occasion ?

Vincent commença par faire le tour des bâtiments pour avoir une vue d'ensemble. Sur la gauche, un pavillon minuscule avait dû loger des domestiques ou des ouvriers. Par la vitre d'une fenêtre crasseuse, Vincent constata que celui-ci était entièrement vide. Il longea un hangar aux portes cadenassées et déboucha sur les arrières de la maison. Un grand parc ombragé s'offrit à sa vue. Il avait dû faire l'objet de beaucoup de soins dans le passé et des essences rares y étaient harmonieusement mélangées. Quelques cèdres étendaient leurs longues branches au-dessus d'un salon de jardin dont la table ronde et les fauteuils étaient toujours en place, semblant attendre des hommes qui viendraient y fumer un cigare en lisant le journal, pendant que des femmes élégantes se livreraient à des travaux de couture en prêtant une oreille distraite à leurs discussions d'affaires.

En s'approchant, Vincent vit que des feuilles mortes s'étaient accumulées au pied des sièges qui commençaient à rouiller. Une image fugace passa devant ses yeux : les pieds ballants, à mi-hauteur des sièges trop hauts pour eux, des enfants boivent de l'orangeade qu'une jeune bonne en tablier blanc verse d'une cruche de cristal. L'image disparut aussi vite qu'elle était venue, sans que Vincent puisse la retenir. Il crut entendre une voiture s'approcher, mais ce n'était qu'un tracteur qui passait au loin dans l'une des immenses prairies qui séparaient la maison de la lisière de la forêt. Il continua sa visite et poussa une petite porte qui débouchait dans ce qui avait été un potager.

Là encore, des herbes folles, des orties et des ronces indiquaient de façon certaine qu'aucun jardinier n'avait foulé depuis longtemps ces plates-bandes désolées. Vincent se faisait l'effet d'un rôdeur indélicat, mais au fur et à mesure qu'il inventoriait les moindres recoins du domaine, la crainte d'être surpris par un éventuel propriétaire s'amenuisait. Il revint se camper sous la façade qu'il examina attentivement, espérant un déclic qui raviverait ses souvenirs. Il se demandait si son imagination n'était pas en train de lui jouer un mauvais tour ; il existait probablement des centaines de bâtiments semblables, disséminés dans tous les villages de la région. Il devait confondre.

En y réfléchissant, cette demeure avait tout de même quelque chose d'inquiétant, si vaste et si cossue, et pourtant perdue en pleine campagne. Elle ne ressemblait en rien aux fermes du voisinage. Elle avait l'air d'attendre, avec son balcon central exactement dans l'axe du long chemin blanc qui s'étirait à perte de vue au-delà des deux piliers de l'entrée. Depuis les lucarnes des greniers, on pouvait certainement surveiller la plaine jusqu'à la route départementale, et peut-être même au-delà. Les volets du rez-de-chaussée étaient ouverts, sans que l'on puisse déceler aucune vie derrière les reflets des grandes baies sans rideaux. Qui pouvait ou avait pu vivre ici ? Un ingénieur des forges ? Un rentier asocial ? Une actrice vieillissante fuyant son public ? Un escroc retiré des affaires ? Tout était imaginable, du relais de chasse à la garçonnière campagnarde, sans écarter l'hypothèse d'une maison de famille rénovée et embellie par un héritier qui aurait fait fortune dans le commerce du bois. Tout était possible, mais cela n'expliquait pas pourquoi Vincent avait l'impression de reconnaître les lieux. A première vue, la construction datait du début du siècle. On ne réalisait plus depuis longtemps de balcons aussi soigneusement ciselés, pas plus que des frontons d'inspiration antique comme celui qui surmontait la grande fenêtre centrale du premier étage. Sur la droite de la partie d'habitation, une des dépendances ressemblait à d'anciennes écuries transformées en garage ou en atelier.

Vincent, insensiblement, s'était approché des quatre marches du perron qu'il gravit lentement, presque sur la pointe des pieds. Il n'osait pas encore toucher la poignée de la porte, mais il savait qu'il ne pourrait résister...

Le battant pivota doucement à la première poussée. Vincent avança prudemment la tête dans l'ouverture, pour inspecter le couloir plongé dans la pénombre. Un désordre inimaginable régnait à l'intérieur. Des meubles éventrés, des chaises renversées et des papiers de toutes sortes jonchaient le sol. Un édredon crevé avait répandu ses plumes au milieu de ce capharnaüm et une dizaine de bouteilles de bière avaient roulé contre les pieds d'une bibliothèque démantelée. Que signifiait un tel saccage ?

Vincent ouvrit une porte sur sa droite et se retrouva dans un grand salon, complètement dévasté lui aussi. Contre l'un des murs tendus de toile beige, un piano droit exhibait son ventre béant et son clavier partiellement édenté. On aurait dit qu'une bataille avait fait rage, poussant les occupants à la fuite et livrant la maison au pillage. Dans la cheminée à tablette de marbre, on avait brûlé des cartons, des journaux, et des planches provenant d'un buffet encore rempli de vaisselle poussiéreuse et dont les portes avaient été arrachées sans ménagement. Un vrai gâchis. Vincent se penchait pour ramasser une photographie en noir et blanc, recouverte d'une fine couche de poussière, lorsqu'un craquement du plancher le fit se retourner. Ils étaient deux.

— Qu'est-ce qu'il cherche le petit monsieur, il a perdu quelque chose ?...

Les deux hommes étaient vêtus de façon semblable, de jeans délavés et de vestes de treillis déchirées. Ils étaient sales, hirsutes et leurs yeux d'un jaune trouble injectés de rouge trahissaient une imprégnation alcoolique pratiquement irréversible. Ils se tenaient épaule contre épaule dans l'encadrement de la porte, bloquant toute possibilité de retraite. Vincent avait sursauté à leur vue, autant d'effroi que de surprise. Son cœur, après avoir semblé s'arrêter, se mit à cogner dans sa poitrine, faisant refluer le sang de son visage ; il était blanc comme un linge. Les deux vagabonds sentirent la peur de Vincent aussi sûrement qu'ils auraient senti un verre de rhum à des kilomètres. Ils se regardèrent en ricanant.

— Tu vois pas que ce soit le nouveau locataire ?...

— Non, penses-tu ! On nous aurait prévenus, tu crois pas ?...

— De toute façon, il a une tête qui ne me revient pas... On va lui apprendre la politesse.

Vincent se maudit intérieurement d'avoir cédé à cette stupide curiosité. Cette fois, il s'en souviendrait de la belle maison au milieu du parc ! Ils avaient dû passer l'hiver ici, à l'abri et au chaud, à l'écart d'un monde qui leur était hostile. L'arrivée d'un fouineur risquait de les obliger à trouver un autre repaire, et ils ne laisseraient pas le coupable s'en tirer à si bon compte.

Vincent essayait de se reprendre, il respirait bruyamment cherchant à faire bonne figure. Il fallait leur parler, les amadouer. Son père lui disait toujours que, pour éviter de se faire mordre, il faut faire face au chien au lieu de fuir. Il se souvenait encore de sa poigne ferme qui le maintenait sur place, l'empêchant de détaler à toutes jambes alors qu'un bâtard imbécile se ruait sur eux en hurlant. La leçon n'avait pas vraiment servi, il avait toujours peur des chiens, et des hommes violents. Et ces deux-là n'étaient certainement pas des enfants de chœur.

— Écoutez... messieurs.

Vincent ne reconnut pas sa voix, faible et chevrotante, une vraie voix de trouillard. Bon sang, se disait-il, fais un effort ! Ils ne vont tout de même pas t'assassiner. Malgré leurs sales gueules et leur air mauvais, ce ne sont probablement que des pauvres types sans abri qui essayent de t'impressionner pour que tu déguerpisses !...

— Dis donc Jeannot, il a pas l'air bien le pauvre gars. On devrait lui préparer une tisane.

Ils éclatèrent de rire en se poussant mutuellement du coude. Vincent avait très bien compris de quelle « tisane » il s'agissait. Il décida de prendre les devants avant qu'ils ne mettent leur menace à exécution et entreprennent de lui déformer le portrait.

— Assez rigolé ! Je n'ai rien à faire ici, nous sommes d'accord. Mais vous non plus à ce qu'il me semble... Alors je vais sortir tranquillement, remonter dans ma voiture et on oubliera tout, sinon... Cette histoire pourrait bien se terminer à la gendarmerie.

Il n'aurait pas dû faire allusion à la force publique, ce genre de personnages y était totalement allergique. Le plus vieux des deux squatters, celui que l'autre appelait Jeannot, émit un long sifflement faussement admiratif.

— Voyez-moi ça !... V'là qu'il cause maintenant. Et rudement bien. Qu'est-ce que t'en penses ?

— Je pense qu'il a tort de le prendre sur ce ton... Ça pourrait bien se retourner contre lui. D'ailleurs, on a assez discuté.

Le plus jeune fit un pas en avant en serrant les poings. On y est, se dit Vincent. La seule autre pensée qui lui vint à l'esprit fut qu'il craignait énormément la souffrance physique. Il ferma les yeux en imaginant déjà ses lèvres qui se fendaient et son nez qui se brisait. Le visage d'Antoine apparut brièvement sur l'écran de ses paupières. Cela ne fit qu'ajouter à la panique qui commençait à l'envahir, mais rien ne se passa. La voix du dénommé Jeannot résonna à nouveau :

— Attends !

— On a trop attendu, je vais lui faire son affaire !

— Non. Avant, il va nous refiler un ou deux billets... pour le dérangement et tous les soucis qu'il nous cause...

Et, s'adressant pour une fois directement à Vincent :

— Parce que dans le fond, on est des braves types. On était venus se faire embaucher pour les coupes...

— Oui, mais ils ont pas voulu de nous, rapport à la boisson et aux accidents du travail...

Jeannot décocha un clin d'œil appuyé à l'adresse de Vincent en se composant un visage pitoyable. Pitoyables, ils l'étaient assurément, mais dangereux aussi, Vincent en était persuadé. Ils n'avaient rien à perdre et un séjour de plus ou de moins en cellule ne les effrayait pas. Bien sûr, si on leur avait laissé le choix, ils auraient sans doute préféré se faire boucler en hiver !... Leur donner de l'argent ne servirait à rien. Ils voulaient se battre, cela se lisait dans leurs yeux. L'occasion était trop belle de se venger à coups de poing d'une société qui les avait rejetés et que Vincent aujourd'hui symbolisait tout entière. Il ne s'était jamais battu, en tout cas pas depuis l'âge de douze ans. Il songea qu'aujourd'hui, il allait vraisemblablement devoir faire une entorse à cette règle de conduite. Parlementer ne servirait plus à rien, il avait devant lui deux blocs de bêtise et de méchanceté, excités à la seule idée du mal qu'ils allaient faire. Il n'y avait plus qu'à espérer que l'alcool ait suffisamment diminué leur intégrité physique pour qu'il s'en sorte sans trop de mal. Pourvu qu'ils n'aient pas de couteaux.

— Alors, qu'est-ce qu'il dit le jeune homme ? Il réfléchit ? C'est pas la peine. De toute façon, le pognon, on l'aura. Cette fois, ils marchèrent tous les deux vers lui, bien décidés à en finir. Ils eurent le tort de rester groupés et Vincent, sans réfléchir, se rua dans le tas.

Plus tard, il devait se souvenir d'avoir hurlé comme un fou en distribuant des coups de poing, de tête, de pied et de genou, dans tous les sens, mû par l'instinct de conservation qui décuplait ses forces et suppléait à une absence totale de science du combat. Sans savoir comment, il réussit à trouver la porte, à se précipiter vers sa voiture et à démarrer en creusant deux profondes ornières dans la terre du chemin. Il s'arrêta au croisement, haletant et tremblant de tous ses membres. Il avait mal dans tout le corps et vit avec horreur que du sang maculait le devant de sa chemise. Il se retint pour ne pas pleurer comme un gosse.

— Ah bravo ! Vingt ans de silence, et au retour on compte encore sur le bon Samaritain, saint François la bonne poire. Mais de qui se moque-t-on ?

Vincent essaya de sourire, mais sa lèvre fendue lui faisait trop mal. Il avait mal partout, comme s'il avait été happé par les pales d'une moissonneuse-batteuse. Deux heures plus tôt, il avait fini par trouver un téléphone, chez deux retraités qui n'avaient pas craint de le faire entrer, malgré son visage enflé et ses vêtements déchirés.

— Mon pauvre monsieur, vous êtes dans un bel état !... Un accident de voiture ? Ça fait des années que je demande qu'on rectifie ce virage. Mais pensez-vous ! Autant crier dans le désert... Tant qu'il n'y aura pas de morts, personne ne bougera. C'est malheureux à dire, mais il faudrait que le car du ramassage scolaire se renverse dans un fossé. Alors là ! Vous les verriez débarquer, le préfet, le maire, les journalistes. Enfin, c'est comme ça, on n'y peut rien... Vous voulez que je prévienne la gendarmerie ? Yvonne, prépare un peu de tilleul pour ce monsieur...

Vincent n'avait pas contredit la thèse de l'accident, mais il avait refusé qu'on prévienne les gendarmes. C'était une histoire entre lui, deux pauvres types et une maison étrange surgie du fond de sa mémoire. Un peu sonné, il aurait préféré un bon cognac, mais il avait bu la tisane brûlante avec reconnaissance, en penchant la tête sur le côté pour préserver sa lèvre fendue.

Il était maintenant assis dans un des profonds fauteuils qui faisaient face à la cheminée, dans la salle à manger de la ferme de son cousin. Julie, la compagne ou la femme de celui-ci, il ne savait pas encore, avait pansé ses plaies avec un savoir-faire et une douceur d'infirmière. Elle avait insisté pour laver sa chemise tachée de sang, pendant qu'il enfilait un polo jaune et bleu beaucoup trop grand pour lui. Vincent s'était senti gêné qu'on s'affaire ainsi autour de lui. Quand il le lui avait dit, elle s'était mise à rire, d'un beau rire franc et naturel qui découvrait des dents très blanches.

— Laissez-vous faire, j'ai l'habitude. Il ne se passe pas une semaine sans que François ne se blesse après un barbelé, ou en ferrant un cheval. Et puis je dois dire qu'il est beaucoup plus douillet que vous...

François avait haussé les épaules en levant les yeux au ciel, mais un morceau de sparadrap qui ornait le sommet de son crâne un peu dégarni montrait qu'elle avait dit juste. Après les soins, Julie avait décrété sans contestation possible que Vincent avait faim et qu'une bonne omelette aux cèpes lui ferait le plus grand bien. Vincent l'avait avalée à toute allure, comme s'il n'avait pas mangé depuis trois jours. L'odeur d'ail et de champignons passés à la poêle flottait encore dans la pièce lorsqu'ils étaient venus s'asseoir devant le feu, plus décoratif en cette saison que vraiment nécessaire.

Les deux hommes se retrouvaient dans ces circonstances peu banales, après vingt ans de séparation pendant lesquels ni l'un ni l'autre n'avait donné beaucoup de nouvelles, si ce n'est quelques cartes de vœux, les années où ils y pensaient. Malgré cela, l'affection quasi fraternelle semblait intacte. Ils se regardaient, et dans leurs yeux repassaient les bons et les mauvais coups qu'ils avaient faits ensemble. Julie les observait sans rien dire, assise en amazone sur un des bras du fauteuil de François. Elle scrutait le visage de Vincent comme si elle cherchait à faire coïncider en une seule image tout ce qu'on lui avait raconté et ce qu'elle voyait aujourd'hui. Vincent faisait semblant de ne rien remarquer. Il la trouvait jolie, fraîche, sympathique et il la devinait simple et sans artifices. Il était heureux pour François. Il n'aurait pas supporté de ne pas la trouver à son propre goût. Il reprit une rasade de cognac et se laissa envahir par la chaleur de l'alcool qui lui montait à la tête en lui donnant l'impression de se dédoubler, de se regarder devenir minuscule et s'enfoncer peu à peu dans le coussin moelleux du fauteuil.

— Dans le temps, cela ne se serait pas passé comme ça, on y serait retournés dans cette baraque et ils auraient passé un sale quart d'heure.

— Laisse tomber, je ne saurais même pas retrouver l'endroit.

Il ne dit rien de l'étrange sentiment qui l'avait envahi tout à l'heure devant cette façade aveugle, dans le silence du jardin abandonné. Il en parlerait peut-être, mais plus tard, lorsqu'il aurait commencé à comprendre.

— ... Et puis ce n'étaient que de pauvres bougres, je n'aurais pas dû les provoquer. Ils ont certainement filé, à l'heure qu'il est.

— Comme tu veux, p'tit frère. N'empêche, tu te souviens des Andrieux qui t'avaient volé tes échasses ? On avait bien rigolé, non ? Tu disais déjà la même chose : « Laissons-les, ce sont de pauvres gosses. » On les a tout de même récupéré les échasses !...

Vincent se souvenait très bien. Les frères Andrieux étaient les fils du cantonnier qui enviaient aux deux cousins leurs vélos demi-course à huit vitesses, leur ballon de football en vrai cuir et tout l'assortiment de jouets qui les désignait comme des gosses de riches, au même titre que les enfants du notaire, du pharmacien ou plus encore les filles du docteur Charpentier qui n'avaient jamais le droit de sortir du périmètre gravillonné, derrière le mur d'enceinte de la demeure familiale. Les frères Andrieux n'avaient rien de tout cela ; ni jouets coûteux, ni parents bien habillés, ni cour gravillonnée et ratissée journellement par le jardinier. Vincent se souvenait de leurs petits museaux chafouins de musaraigne, de leurs cheveux trop longs et de la morve qui coulait sous leurs nez en toute saison. Il avait bien ri, effectivement, de la peur que leur avait fait François ce soir-là, en faisant croire qu'il venait de les asperger d'essence et qu'il ne lui restait plus qu'à craquer une allumette pour les transformer en torches vivantes. Ils l'avaient cru.

Après coup, la joie de Vincent à l'idée d'être vengé avait fait place à un sentiment d'injustice et de tristesse. Le lendemain, il était venu leur rapporter les échasses en prétextant que, tout compte fait, elles ne lui étaient plus d'aucune utilité. Il leur avait fait un peu la morale, sans vraiment croire à ce qu'il racontait, puis il était parti sous les yeux incrédules des deux frères qui n'avaient rien compris à ce revirement.

— ... Je sais bien que tu leur as redonné les échasses, mais ça ne fait rien, on avait bien rigolé quand même !

François n'avait pas beaucoup changé ; ou, du moins, l'image que Vincent gardait de lui n'avait pas beaucoup changé. Il s'était un peu épaissi, sa chevelure était moins fournie, mais il émanait toujours de lui cette joie de vivre et cette force inébranlable que Vincent lui enviait. Avec lui, on se sentait en sécurité, rien ne pouvait vous arriver, il aurait forcément le mot qu'il fallait pour vous remonter le moral et ne craindrait pas de mouiller sa chemise pour vous venir en aide. Il venait d'en faire la preuve une fois de plus.

— Tu ne me demandes pas pourquoi je ne suis pas venu plus tôt ?

— Non. J'avais des nouvelles par ma mère. La pauvre vieille s'inquiétait, mais je me suis dit que le jour où tu aurais vraiment besoin de moi, tu saurais bien où me trouver... La preuve !...

Vincent sourit à Julie.

— Franchement, avez-vous déjà rencontré quelqu'un de plus optimiste ?

La jeune femme se pencha pour poser son front contre l'épaule de François, avant de répondre :

— Il est très reposant, vous savez. Si on l'écoutait, il n'y aurait jamais lieu de s'inquiéter. Pour rien... Oui, reposant, je crois que c'est le mot.

François riait franchement, content de lui, les mains croisées derrière la nuque et se renversant vers l'arrière, au plus profond du fauteuil.

— La vie est belle, non ? Pourquoi chercher à la compliquer ? On a bien le temps de s'inquiéter, profitons-en tant que c'est encore possible. Vincent, lui, c'est autre chose... C'est un romantique. Quand on était gosses, il avait déjà ses crises de mélancolie, mais ce n'était jamais bien grave, cela finissait toujours par passer. Pas vrai, p'tit frère ?

Ils avaient trois ans d'écart, sept centimètres et au moins quinze kilos. François l'avait toujours appelé « p'tit frère », pourquoi aurait-il changé aujourd'hui ? Vincent aimait l'entendre parler ainsi, même lorsqu'il se moquait de lui en évoquant ses périodes de morosité. Il avait le don de vous regonfler, de vous remettre sur pied en moins de temps qu'il n'en faut pour le dire.

C'était peut-être une des raisons pour lesquelles Vincent n'était pas venu plus tôt ; d'une certaine manière et sans oser se l'avouer, il avait besoin de ces instants de nostalgie douloureuse, de cette solitude angoissée, qui paradoxalement lui donnaient le sentiment d'exister.

— La mère disait que tu passais tes journées dans la forêt, c'est vrai ?

Vincent rougit. Quoi qu'il fasse, il serait toujours « p'tit frère », le gamin qu'il faut surveiller de peur qu'il ne commette quelque bêtise.

— Oh tu sais... Toujours la même chose... Le bon air pour ma santé fragile...

Ils éclatèrent de rire et François n'insista pas. Il ne le comprenait pas toujours mais il aimait Vincent, c'était suffisant. Il se leva en bâillant et ses deux compagnons en déduisirent que la soirée était terminée.

— Allez hop ! Dans les toiles. Et demain, lever aux aurores, il faut s'occuper des chevaux. Tu verras Vincent, des bêtes magnifiques ; si tu es sage on fera peut-être une balade tous les trois, à la fraîche.

Vincent embrassa Julie. Il ne s'était pas trompé, elle avait la peau douce et satinée. Il serra longuement la main de François. Il aurait voulu leur dire qu'il était heureux, pour eux, pour lui, heureux de retrouver une chaleur qu'il croyait perdue à jamais. En montant à leur suite l'escalier qui grinçait un peu, il fit taire la petite voix qui essayait de lui parler de la maison au bout du chemin et des deux brutes au regard fou.

V

— Je ne suis pas persuadé que vous compreniez bien la situation, Vincent...

Vincent est debout, devant le vaste bureau d'acajou, dans la pièce directoriale immense dont les murs blancs s'ornent de masques et de statues rituelles. Les stores aux lamelles vernies tamisent la clarté du soleil, éblouissante au dehors, et tracent des rayures horizontales sur la photographie encadrée qui montre l'hôtel vu d'avion. Une lampe surmontée d'un grand abat-jour de cuivre est allumée, projetant un large cercle de lumière jaune sur un sous-main de cuir vert.

— Jusqu'à ce jour, nous n'avons eu qu'à nous louer de vos services. La clientèle vous apprécie... Vous avez le sens du contact, des relations humaines... Enfin bref... Vous êtes ce que j'appellerais un collaborateur précieux... Mais heu... Comment dire... Depuis quelque temps, il nous semble que vous avez changé et que votre attitude...

Le directeur de l'hôtel Royal Safari est assis, très droit sur son fauteuil ergonomique bardé de manettes chromées et de molettes, permettant de régler avec un minimum d'effort la hauteur ou l'inclinaison du siège de cuir fauve. Le directeur n'a pas d'âge. Il peut avoir trente-cinq ou cinquante ans, personne n'a jamais été capable de le déterminer avec certitude. Dans vingt ans, il aura toujours ce visage lisse, à peine hâlé, rasé de près à toute heure du jour ou de la nuit, ces yeux d'un bleu trop pâle qui semblent regarder à travers vous et qui n'expriment jamais rien, comme s'ils étaient définitivement déconnectés du sens des mots qui s'écoulent de la petite bouche aux lèvres roses. Vincent écoute sans rien dire cet homme superbement élégant, vêtu aujourd'hui d'un costume de lin couleur de paille, sur une chemise de soie aux reflets rosâtres. Devant lui, Vincent se sent sale et chiffonné. Il connaît d'avance les reproches qui vont lui être faits. Il n'est pas inquiet, il songe simplement que toute sa vie durant, il se retrouvera en face d'hommes tels que celui-là et qu'un mur d'incompréhension s'élèvera éternellement entre eux.

— Nous devons nous serrer les coudes et tout faire pour que rien dans notre façon d'être ne puisse prêter le flanc aux critiques des dirigeants de ce pays qui, comme vous le savez, sont extrêmement susceptibles... Cet hôtel a déjà été nationalisé une fois par le passé... Bien sûr, nous l'avons récupéré deux ans plus tard pour un franc symbolique, après que ces primates l'ont laissé dans un état de délabrement difficile à imaginer. Mais tout de même, ce n'est pas une raison et votre comportement risque de mettre en péril une fois encore la pérennité de notre établissement... Une seconde, s'il vous plaît...

Sans que Vincent puisse comprendre si l'effet est voulu ou totalement fortuit, le directeur s'est interrompu au milieu de sa tirade. Il appuie sur un bouton situé à la droite de son bureau. Presque immédiatement, un boy entre dans la pièce. Il est vêtu d'une veste blanche et d'un pantalon bouffant, comme la plupart des employés du Royal Safari, et s'avance en souriant à Vincent qui le salue d'un imperceptible mouvement de paupières.

— Approchez Mamadou. Vous voyez ce plateau ?... Bien... Je n'ai jamais demandé un whisky soda tiède... Est-ce que je l'ai demandé ?... Vous dites ?... Bien. Alors faites le nécessaire et rapidement s'il vous plaît... Ah ! Encore une chose. Je vous rappelle pour la dernière fois que votre costume de travail ne doit pas quitter l'hôtel. Vous voudrez bien dorénavant vous changer comme vos camarades, avant de rentrer chez vous. Vous pouvez disposer...

Vincent constate que contrairement à la plupart des Européens qu'il connaît, le directeur ne tutoie pas le personnel africain. Sans doute n'y a-t-il aucune différence dans son esprit : pour lui, un employé n'est qu'un employé, quelle que soit la couleur de sa peau.

— Où en étions-nous ?... Ah oui !... Monsieur Barillet, nous sommes des « invités » dans ce pays. Vous me comprenez ? Nous ne sommes pas ici pour modifier en quoi que ce soit le cours des choses. Nos hôtes gèrent cette soi-disant république comme bon leur semble et nous n'avons pas à leur donner de leçons. Nous sommes ici pour gagner de l'argent, et le groupe qui nous a mandatés dans cette région du monde n'attend rien d'autre de notre part... Que vous le vouliez ou non, vous êtes l'employé d'une grande entreprise, pas un missionnaire ou un membre de je ne sais quelle association de charité... Vous me comprenez ?... Que ces nègres aient recours à des méthodes un peu brutales, j'en conviens, mais je vous le répète, cela ne nous regarde pas. Cet homme pour lequel vous êtes intervenu aussi maladroitement n'est peut-être qu'un dangereux agitateur, rien en tout cas ne peut nous prouver le contraire. Vous faites preuve d'une naïveté qui m'inquiète ; ces tribus se battent entre elles depuis des siècles et tant que cela durera, ils nous foutront la paix. J'ai toujours demandé que nous autres, Européens, restions en dehors de ces histoires. Nous devons nous serrer les coudes et faire notre travail sans états d'âme. Je continue donc à penser que votre attitude était totalement irresponsable et indigne d'un membre de notre communauté blanche. Je vous demanderai à l'avenir de vous abstenir de toute initiative de ce genre... Et soyez heureux que je ne prenne pas à votre égard les sanctions que mériterait votre geste...

De la main, le directeur fait comprendre à Vincent que l'entrevue est terminée. Dans le même temps, il ajoute :

— Dans le fond, je crois que vous m'êtes sympathique.

Vincent ne répond pas. Il bredouille quelques mots inintelligibles avant de prendre congé et de se diriger vers la grande porte à double battant, accompagné par le bourdonnement calme et régulier du climatiseur. Il n'éprouve ni haine ni dégoût. Une seule réflexion lui vient à l'esprit pendant qu'il contourne le tapis en peau de zèbre tannée ; il se demande si le directeur est ou non homosexuel.

— Au fait, Vincent ! La somme que j'ai dû verser à ces singes galonnés de la Sûreté... Elle sera bien évidemment retenue sur votre salaire...

Juillet et août furent comme une parenthèse dans la vie de Vincent. Au contact de Julie et François, l'existence reprenait chaque jour un peu plus de saveur.

Le matin, Vincent se levait très tôt, dès le lever du soleil. Cela ne lui était pas arrivé depuis vingt ans, depuis l'époque où l'oncle Georges venait les tirer du lit, François et lui, à l'aube des grandes journées de pêche au bord de l'étang de Pirot. En se glissant silencieusement hors de la ferme, Vincent retrouvait des joies simples, une sorte de bonheur naïf que seule la nature peut prodiguer ; le soleil encore timide qui semblait s'éveiller au même rythme que lui, la campagne somnolente qui avait l'air de se retenir pour ne pas déranger, la brume déjà chaude, stagnant au-dessus des prairies, et les odeurs mouillées de la forêt toute proche qui venaient par bouffées molles, poussées par une brise de sud-ouest.

Son plus grand plaisir, à cette heure magique, était la visite aux chevaux. Bien avant d'entrer dans les écuries, il entendait le raclement caractéristique des sabots sur la pierre et les bronchements sonores par lesquels les bêtes indiquaient qu'elles l'avaient déjà senti. Vincent parcourait l'allée en leur parlant doucement, et les longues têtes aux grands yeux humides se dressaient au-dessus des cloisons. Il passait de l'un à l'autre, flattant une encolure du plat de la main ou laissant flairer sa paume par des naseaux d'où s'échappait un souffle mouillé et chaud. Il les connaissait tous maintenant : Sultan, qui secouait la tête en le voyant, Pacha, qui couchait les oreilles en découvrant ses dents, ou Gaïa, qui le poussait du nez, à la recherche d'une éventuelle friandise. Il connaissait leurs noms, leurs habitudes, leurs manies, il avait ses préférés et ceux qu'il aimait moins, ceux qui recherchaient sa présence et ceux qui n'aimaient pas être dérangés à une heure aussi matinale.

Les choses n'avaient pas toujours été aussi simples, et la période d'apprentissage avait duré quelques semaines avant que cette confiance réciproque ne s'installe. François prétendait que les chevaux, malgré toute l'affection qu'il leur portait, n'étaient que des animaux stupides et instinctifs. Julie les trouvait peureux, mais tellement affectueux. Vincent avait l'impression qu'ils comprenaient tout et l'exprimaient à leur manière.

Il se souvenait des premiers jours, lorsqu'il avait souhaité se rendre utile. Il se souvenait des longues courses à travers les prés pour rassembler le troupeau et des manœuvres d'encerclement qui ne donnaient pas toujours les résultats escomptés. C'était comme un jeu, l'homme cherchant à impressionner l'animal pour l'amener où il le désirait, et celui-ci faisant tout pour déjouer les pièges et forcer les barrages au galop, essayant de se soustraire à l'autorité qui, il aurait dû le savoir, finissait toujours par gagner. Les moins rusés et les plus dociles se laissaient prendre d'emblée, comme s'ils comprenaient que la lutte était inégale. D'autres, insoumis de nature, ne se rendaient qu'à contrecœur, après avoir épuisé toutes les astuces et les changements de pied qui laissaient les trois compagnons à bout de souffle et pestant contre tant de résistance inutile.

Au début, Vincent avait dû surmonter sa peur. Comment ne pas s'effrayer lorsque le troupeau déboulait en masse compacte qui faisait trembler le sol, fonçant droit vers vous, petit épouvantail gesticulant qu'ils auraient pu piétiner sans dévier leur course ! Et pourtant le miracle s'opérait : à dix mètres de lui, les chevaux bifurquaient soudain et s'engouffraient dans le couloir de barrières qui les drainait vers l'enclos où les attendait le vétérinaire et ses seringues de vaccin.

Il y avait eu quelques moments épiques et Vincent avait mordu la poussière à plusieurs reprises, au cours de séances de débourrage plus proches du rodéo que de l'équitation classique.

— Vas-y doucement, Vincent !... Pas de geste brusque. Encore deux tours comme ça et tu essayeras de monter.

Le jeune cheval tournait en rond, maintenu en bout de longe par François. L'animal roulait des yeux effrayés, se demandant ce qu'on attendait de lui et que signifiaient ce morceau de cuir qui lui chatouillait le dos et ces bouts de ferraille qui lui battaient les flancs.

— Je crois que c'est bon. Il a l'air calme... Allez hop, à toi de jouer.

Vincent tapotait la puissante encolure et prononçait quelques phrases apaisantes. Il engageait un pied dans l'étrier, faisait passer progressivement le poids de son corps dans la main qui cramponnait le pommeau de la selle, puis il se hissait avec d'infinies précautions sur le dos parcouru de longs frissons réprobateurs. Quelquefois, il réussissait à faire quelques tours de piste sans dommage, mais, dans la plupart des cas, la réaction était immédiate et, sans qu'il ait eu le temps de pressentir ou de comprendre ce qui lui arrivait, il se retrouvait étendu dans le sable de la carrière.

— Oh ! le vicieux petit cheval ! Il n'y avait qu'une flaque, il a fallu qu'il te jette dedans.

— C'est ça, rigole imbécile ! Nous allons inverser les rôles et nous verrons si tu fais toujours le malin !...

Les journées s'écoulaient, pleines, denses, physiques et génératrices de bonne fatigue, de celle-là même qui rend heureux et affamé, qui fait prendre conscience de tous les muscles de son corps et découvrir que le sommeil n'est pas seulement une dernière échappatoire, un ultime recours lorsqu'on arrive au bout de l'ennui. Vincent se sentait plus fort, aussi fort que les cow-boys en technicolor qui buvaient du café autour des feux de bois, dans les westerns de son enfance. Il se disait qu'il n'aurait jamais dû s'éloigner et qu'il avait perdu vingt ans à tourner en rond alors qu'il avait tout à portée de la main.

Plus rien d'autre ne comptait que le travail aux côtés de Julie et François, les soins et le dressage des chevaux, les galops échevelés dans les « lignes » de Tronçais, les chaudes soirées autour d'une table tirée dans la cour, à écouter les grillons et les hulottes en sirotant doucement un petit verre d'alcool, une prune de derrière les fagots qu'ils faisaient durer jusqu'à ce que leurs yeux se ferment malgré eux et les obligent à rejoindre les chambres.

— On est bien, disait François, bon Dieu ce qu'on est bien !

Vincent soupirait. Il aurait voulu que ces journées n'aient pas de fin et que les veillées se prolongent jusqu'à l'aube. Au moment de monter, quelquefois, Vincent avait envie de les retenir, de les supplier de ne pas le laisser seul. Il faisait semblant de ne pas voir Julie caressant l'épaule ou la joue de François, il baissait les yeux pour ne pas croiser le regard de celui-ci, attendri et presque niaisement langoureux. A cet instant, il avait l'impression de ne plus exister. Il les enviait. Il les regardait se lever et leur souhaitait bonne nuit. Mais il restait vautré sur sa chaise, immobile, semblant savourer les odeurs lourdes que la fraîcheur naissante faisait monter du sol et se laissant bercer par les murmures indistincts, les chuintements et les cris sourds qui s'élevaient au milieu du froissement uniforme et lancinant des feuilles des grands chênes. Il traînait ainsi le plus longtemps possible, car il savait que, tout à l'heure, dans les derniers instants qui précèdent le sommeil, alors qu'il contemplerait le ciel immense et noir au-dessus de la forêt qui semblait se glisser par la lucarne béante, il savait qu'il ne pourrait rien empêcher et que les fantômes familiers reviendraient planer au-dessus de lui.

— Qu'est-ce que tu voudrais faire plus tard ?

— Je ne sais pas trop... Chirurgien, peut être. Et toi, tu sais ce qui te plairait ?

— Je voudrais me marier avec toi.

Hélène a prononcé les mots à voix basse. Elle se serre contre Vincent et dépose un baiser sur sa joue, très haut sur la pommette. Il se laisse aller en arrière, allongé dans l'herbe haute, les yeux clos.

— On est trop jeunes pour parler de ça. Il ne faut pas y penser...

— Si, il le faut. Maman m'a raconté qu'une de ses amies a connu son mari à la petite école. Ils sont toujours restés ensemble. Je sais que c'est toi que j'ai choisi. Je le sais, il n'y aura personne d'autre.

Vincent est fier, il se sent important. Il est bien auprès d'elle. Il n'a jamais rien connu d'aussi beau, d'aussi doux, c'est le plus beau jour de sa vie. Si le temps pouvait s'arrêter, il essayerait de comprendre ce qui lui arrive. Mais c'est trop fort, il se sent noyé sous les flots d'un bonheur inconnu qui ne ressemble à rien de ce qu'il a pu vivre jusqu'à maintenant. Ce sont des vagues successives qui le submergent, des envies de crier et de rire, des bouffées chaudes et généreuses qui traversent sa tête... Cela ne peut pas s'expliquer, cela ne peut pas se dire. Ils se sont embrassés tout à l'heure, maladroitement, sans savoir. Lorsque ses lèvres se sont posées sur les siennes, il a cru défaillir. Mais les vacances vont se terminer bientôt. Dans trois jours, il va repartir vers cette ville qu'il n'aime pas, vers ce nouveau lycée aux allures de caserne, où il ne connaît personne. Sa mère est malade et triste. Il ne veut pas y penser.

Il voudrait rester dans ce pré au bord de l'Aumance, sous les branches de ce saule qui les protège. La main d'Hélène est chaude dans la sienne, une petite main douce et élastique qu'il ne veut plus lâcher. Elle a dû deviner ses pensées car elle lui demande :

— Tu es content de rentrer chez toi ?... J'aimerais bien que tu m'écrives tous les jours pour me raconter ce que tu fais. Je garderais tes lettres dans mon coffre à secrets... Et l'été prochain, on les relirait ensemble... Et on rirait tous les deux, parce que tu n'y écrirais que des bêtises... Qu'est-ce que tu en dis ?...

Il ne répond pas, il cligne des yeux vers le soleil à travers les branches du saule, son visage est comme saupoudré de taches lumineuses.

Un voile d'inquiétude et de tristesse passe soudain devant les yeux d'Hélène, qui ajoute d'une voix oppressée, presque anxieuse :

— ... Mais non, c'est impossible, il ne faut pas m'écrire... Oublie ce que j'ai dit, pense à moi très fort, quand tu seras là-bas... Oui, c'est ça... Il faudra que tu penses beaucoup à moi, et je le sentirai, je saurai que tu es près de moi...

Elle s'est laissée glisser contre lui et pose sa tête en travers de sa poitrine. Vincent caresse doucement ses cheveux. Il ne comprend pas ce qu'elle a voulu dire, mais de toute façon, il n'aime pas écrire.

— Vincent, je te comprends de moins en moins. Je croyais que tu te sentais bien ici, et déjà il faut que tu t'en ailles...

— Pour la journée, juste une journée, je te l'ai dit.

— Mais qu'est-ce que tu cherches bon Dieu ? Ça te rapportera quoi d'aller fouiner à nouveau dans cette baraque ?

— Il faut que j'y aille. Ne cherche pas à comprendre...

— Mais si, justement !... Tu ne peux pas vivre tranquillement comme tout le monde ? Dans le temps, on pouvait mettre ça sur le compte d'une crise d'adolescence, mais maintenant !... Tu m'emmerdes avec tes conneries. Toujours ce besoin de ressasser, de fouiller dans le passé. On dirait que tu prends plaisir à chercher comment tu pourrais te faire du mal.

— Cette maison me hante toutes les nuits... Il faut que je sache...

— Mais savoir quoi, nom de Dieu ? Je peux t'en montrer des dizaines de maisons abandonnées, c'en est plein par ici. Cesse un peu de te prendre pour le grand Meaulnes, j'ai trois voyages de paille à faire avec le camion, mais tu t'en fous... Monsieur va faire un pèlerinage dans des ruines qui lui rappellent de vagues souvenirs...

— ... Tu sais que l'histoire du grand Meaulnes se passait à quinze kilomètres d'ici ?

— Bien sûr que je le sais, et alors ? Redescends un peu sur terre, p'tit frère... Tu n'es plus un gamin...

François secoua la tête à plusieurs reprises, comme s'il renonçait à toute discussion. Les mains dans les poches de son pantalon de velours côtelé, il se mit à shooter dans les cailloux de la pointe de sa botte de cuir sombre. Après quelques instants de silence, il revint à la charge, d'une voix plus posée :

— On en a discuté avec Julie, on avait l'impression que tu te sentais bien ici. On se disait... On envisageait... Ah et puis merde !... On ne t'a jamais rien demandé... Pourquoi tu es revenu, aussi brusquement... Je ne veux pas savoir, c'est ton problème... Mais quand je te vois comme aujourd'hui, avec les yeux en dedans, en train de te manger les lèvres... Je me dis que tu recommences à disjoncter. Ma mère avait raison, il y a vraiment quelque chose qui ne tourne pas rond...

— Ne t'inquiète pas François, ne t'inquiète pas. Et je vais te prouver que je suis toujours disposé à marcher avec vous.

Vincent s'engouffra dans la maison et revint presque aussitôt avec une valise qu'il déposa sur la première marche de l'escalier de pierre. Il s'agenouilla, ouvrit la valise avec une petite clé tirée de sa poche et sortit, sous les yeux ébahis de François, des liasses de billets de banque tout neufs, encore entourées de leurs bandeaux de papier mauve. Il entreprit de les déposer par paquets aux pieds de François qui le regardait faire sans comprendre.

— Tiens ! Voilà pour l'agrandissement des écuries.

Et ça, pour les traites de la maison... Et encore ! Pour la jument anglo-arabe primée à Pompadour... Voilà. Maintenant nous sommes associés. Tu ne me demandes rien, tu me laisses faire. Je dois retourner là-bas, je-le-dois... D'accord ?

François ne répondit pas tout de suite. Il roulait des yeux ronds en regardant l'argent étalé devant lui.

— Tu, tu es cinglé, complètement cinglé... Je ne t'ai rien demandé... tout ce que je disais, c'était pour toi... Parce qu'on t'aime bien et qu'on voudrait que tu mènes enfin une vie normale... Qu'est-ce que c'est que ce cinéma ? A quoi joues-tu avec tout ce fric ? Qu'est-ce que ça veut dire ?...

— Rien. C'est de l'argent, rien que de l'argent. De l'argent gagné de façon tout à fait honnête, ce n'est pas le butin d'un hold-up ni le trésor disparu des Sénoufos... Prends-le, je te le donne.

— C'est pas vrai ! Non mais c'est pas vrai !... Tu ne peux vraiment pas te comporter comme tout le monde !... Mais bon Dieu, on n'a rien décidé... Tu viens me flanquer tout ce fric sous le nez... Merde !... Tu ne sais même pas combien il y a, si ça se trouve...

— Prends-le, je te dis. C'est pour toi, pour vous, pour nous... Jc te demande simplement quelques jours pour mettre de l'ordre, pour faire le ménage dans le grenier qui me tient lieu de cerveau... Fais-moi confiance. Après, tu verras, on fera une sacrée belle équipe !

François comprit qu'il était inutile d'insister. Il vit Vincent monter dans la DS en souriant, d'un air qu'il voulait assuré et rassurant. Les yeux fixes, rivés sur l'arrière de la voiture qui s'éloignait, le cousin abasourdi secouait lentement la tête de gauche à droite. Lorsque le véhicule disparut dans le premier virage derrière le rideau de peupliers, il se baissa pour ramasser les liasses de billets étrangement empilées devant lui.

Cette fois, Vincent avait pris ses précautions, il s'était muni d'une carte de la région au cinquante millième. Il avait fallu la commander chez Marcel Giraud ; ce n'était pas le genre d'article que les clients avaient l'habitude d'acheter dans sa boutique. Le gros homme l'avait peut-être reconnu ou du moins était-il maintenant au courant, car il avait eu quelques mots aimables destinés à prouver que Vincent pouvait compter sur sa sympathie et sur un dévouement commercial sans limites.

Le domaine de La Rouvraie apparaissait sur la carte sous la forme de trois petits rectangles noirs, entourés de parcelles blanches qui les séparaient de la grande tache verte symbolisant la forêt. Lorsqu'il l'eut située, Vincent aborda la maison d'une manière presque sournoise, décrivant des cercles de plus en plus proches, sans que cette stratégie n'ait rien de réellement prémédité. Il souhaitait d'abord s'imprégner de son environnement et de son voisinage, et fit même halte dans un café-épicerie, entre l'église et la mairie du village dont dépendait le domaine. Le panneau identifiant la commune portait un nom étrange et pour tout dire légèrement inquiétant : Couleuvre.

A vingt kilomètres de Damery, c'était un bourg sans charme et sans caractère, renommé principalement pour sa fabrique de porcelaine qui avait dû connaître des jours plus florissants. On avait le sentiment confus que la route qui traversait Couleuvre ne menait nulle part et qu'elle finissait par se perdre dans les champs. Il était difficile de croire que cette voie s'était vu décerner l'appellation de « Grand chemin royal », par François Ier qui la considérait comme l'un « des plus fréquentés passages de notre royaume »... Il n'y avait personne dans les rues et le Café de la Mairie semblait le seul endroit où l'on puisse rencontrer âme qui vive.

Au milieu du bistrot, quelques vieux siégeaient à une table circulaire, le béret enfoncé sur les yeux et le col de leur veste de velours remonté contre la nuque, comme au plus fort de l'hiver. Vincent les écouta déblatérer un moment, en buvant une grande tasse de café réchauffé dont le goût s'était dissipé depuis longtemps au-dessus des feux tièdes de la cuisinière. Les autres vidaient consciencieusement, l'une après l'autre, des chopines de rouge dans lesquelles passait probablement le plus clair de leur maigre retraite agricole. Ils semblaient n'accorder aucune attention particulière à l'étranger et continuaient à égrener des souvenirs très enjolivés, encouragés par le regard vaguement approbateur de la patronne qui aurait aussi bien pu les raconter à leur place.

Vincent aurait voulu les questionner, car ils avaient certainement connu les occupants de la grande maison bourgeoise. Mais il ne leur demanda rien, il connaissait l'aversion naturelle des campagnards pour tout ce qui ressemble de près ou de loin à un enquêteur, un agent de l'administration ou un prospecteur quelconque à la recherche de bonnes affaires. Il posa une pièce sur le comptoir, salua et sortit.

Lorsqu'il démarra, le bruit du moteur résonna avec une violence incongrue, qui déchira brutalement le voile de silence recouvrant le village. La voiture s'éloigna au ralenti et tourna sur la gauche au premier embranchement, sans avoir croisé d'autre véhicule...

... Vincent eut un frisson en franchissant une nouvelle fois le portail devant la grande bâtisse. Celle-ci semblait l'attendre patiemment, grise et muette au milieu de son carré d'herbe jaunie. Vincent ne se demanda même pas si les deux zèbres pouvaient encore rôder dans les parages. Il poussa la porte comme un habitué et pénétra dans le couloir sombre. Rien n'avait bougé. Il demeura immobile quelques instants, appuyé contre le battant qu'il venait de refermer avec son dos, épiant le moindre bruit et reniflant l'odeur de poussière et de moisissure qui s'élevait du plancher et des objets de toutes sortes dont il était jonché. Rien, pas un craquement, pas même un bourdonnement de mouche ou la course précipitée d'un mulot dérangé dans ses investigations nourricières.

Au bout de quelques minutes qu'aucune apparence de vie n'était venu troubler, Vincent s'avança et se mit en devoir d'explorer les pièces une à une. Partout régnait le même désordre, le même amoncellement de meubles, de papiers, de livres épars, de linge divers et de vaisselle cassée. On avait l'impression que tout avait été systématiquement vidé, renversé, dispersé aux quatre coins de la demeure, obligeant le visiteur à louvoyer entre les tas disparates répandus dans les pièces, sans aucune logique. Cela ne ressemblait même pas à une fouille. On avait sans doute rapidement fait disparaître ce qui pouvait avoir de la valeur, sans se donner la peine de trier proprement la marchandise. Des gens pressés probablement, qui s'étaient succédé en ces lieux, avec au creux du ventre la peur d'être surpris dans leur vilaine besogne. L'un d'entre eux avait tout de même pris le temps de laisser un message sur le papier peint du salon, gribouillé à l'aide d'un morceau de charbon de bois au-dessus de la cheminée : « Mort aux cons ». C'était peut-être l'œuvre de Jeannot ou de son compagnon qui, par-delà cette formule simpliste et lapidaire, avaient tenté d'exprimer ce que n'importe qui aurait pu ressentir dans ce lieu sinistre : la proximité de la mort.

Vincent ne comprenait toujours pas ce qui l'avait poussé à revenir ici. Il sentait confusément qu'il fallait qu'il le fasse, malgré cette impression détestable, cette espèce de dégoût qui lui venait, à mesure qu'il violait davantage les secrets d'une famille probablement inconnue. Quels événements tragiques avaient pu entraîner une fuite aussi précipitée ?

Luttant contre la nausée, il se baissait et ramassait un cahier, soulevait un édredon perdant ses plumes pour découvrir une boîte remplie de clichés gondolés, poussait du pied une paire de guêtres vieilles de plus de cinquante ans, essuyait du revers de la main la couverture d'un bulletin paroissial, et ramenait finalement son butin sur la table ronde du salon, où il venait grossir la pile des documents déjà rassemblés.

Deux heures plus tard, Vincent avait visité la maison et ses dépendances de fond en comble. Il n'avait quand même pas osé forcer le gros cadenas qui fermait la porte du hangar. Un coup d'œil par le vasistas lui avait suffi pour comprendre qu'il était pratiquement vide. Il en était de même pour le grenier. Bizarrement, celui-ci ne contenait que quelques vieux rouleaux de papier peint, une brosse de peintre et une bassine rouillée. Les pillards précédents avaient probablement tout descendu dans les pièces basses où la lumière était meilleure.

Patiemment, Vincent avait trié au milieu des vestiges hétéroclites restés sur place tout ce qui pourrait lui donner des indications et ouvrir des pistes sur une vie qu'il venait d'exhumer de la poussière.

A première vue, quatre générations au moins s'étaient succédé ou avaient cohabité dans cette demeure, car les documents en sa possession couvraient une longue période allant du début du siècle à la fin des années soixante. Vincent ne savait pas trop comment s'y prendre pour démêler l'écheveau de ces existences imbriquées dont il n'avait sous les yeux que quelques fragments disparates, sans lien évident entre eux. Pour les déchiffrer, il aurait fallu être en possession de tout le code, disposer au moins de la trame sur laquelle on assemble les petits morceaux du puzzle. Il fit deux tas : sur le premier il déposait tout ce qui était correspondance, lettres et cartes postales, sur l'autre s'empilaient les documents anonymes, les livres de comptes, les factures, les cahiers de classe aux pages rongées et boursouflées de taches humides, les catalogues et almanachs divers et même le menu alléchant d'un repas de noce.

Pour l'instant, une seule chose était sûre, comme l'attestaient les enveloppes et les factures, c'était le nom des occupants disparus : Crespin-Delaunay. Vincent fit tourner ce nom dans sa mémoire, allant même jusqu'à le prononcer à haute voix. Rien ne se produisit. Légèrement dépité, il repoussa du dos de la main la pile poussiéreuse amoncelée sur la table et se concentra sur la boîte de photos dont il vida le contenu devant lui. En dépit des deux grandes fenêtres ouvertes sur le jardin, la pénombre commençait à envahir lentement la pièce. Il dut se pencher pour contempler les visages souriants ou sévères qui semblaient le fixer comme ils avaient fixé jadis l'objectif. Deux femmes mûres en manteau à col de renard se figeaient en haut des marches du perron, un militaire s'accoudait fièrement à l'affût d'un canon, un communiant souriait niaisement devant un prie-dieu de fantaisie, un groupe d'hommes moustachus croisaient les bras en bombant le torse à côté d'une charrette de paille, deux enfants en barboteuse jouaient dans le sable près d'un banc, sous l'œil maternel d'une jeune femme tricotant une brassière...

Deux enfants jouaient... Vincent revint en arrière, faisant glisser en sens inverse les photographies qu'il tenait dans la main. Un déclic, un signal ténu venait de se faire entendre. Il approcha le papier glacé de son visage et le fit pivoter de quelques degrés, comme s'il essayait de lui donner du relief ou d'appréhender la scène sous un autre angle. Un bambin aux mollets potelés suivait avec attention tous les gestes d'une fillette à peine plus âgée qui empilait des cubes en une pyramide instable... Soudain fébrile, Vincent se remit à feuilleter le paquet de plus en plus vite, ne s'arrêtant que sur les photos d'enfants.

Et tout à coup, elle apparut. Assise sur un fauteuil de jardin trop haut pour elle, ses jambes nues chaussées de sandales pendant au-dessus du sol, Hélène avait un flot noué dans les cheveux et souriait à Vincent.

VI

Hélène a de longs cheveux blonds dont elle est très fière. Elle en prend grand soin et change souvent de coiffure. Quelquefois elle les tresse en une longue natte ou, comme aujourd'hui, les laisse flotter librement sur ses épaules, nouant simplement quelques mèches avec un ruban de couleur. Elle dit qu'ils sont ce qu'elle a de plus beau. Vincent n'est pas d'accord ; il pense que l'harmonie des traits de son visage est inoubliable et que, malgré la rondeur encore enfantine de ses joues, elle évoque pour lui toute la beauté des femmes qui, quelquefois, traversent ses rêves. Il n'ose pas le lui dire.

Ils marchent en se tenant la main, dans un sentier sablonneux qui traverse la forêt pour déboucher sur l'étang de Pirot. Par ce bel après-midi de septembre, ils se sentent bien, à l'abri dans l'ombre des arbres qui les protègent en formant une large voûte au-dessus de leurs têtes. Ils pourraient vivre ici, éternellement, dans ce monde qui n'appartient qu'à eux. Ils n'ont rencontré personne depuis une heure qu'ils marchent sans but, simplement pour le plaisir d'être ensemble. Hélène a proposé un bain dans l'étang, mais ils ne sont pas pressés. Ils se tiennent par la main, les yeux dans le vague et rêvant l'un à l'autre. Par moment, Vincent voudrait s'arrêter et l'immobiliser au milieu du chemin pour l'embrasser longuement comme ils ont appris à le faire. C'est une sensation tellement nouvelle, tellement délicieuse... Il a l'impression que déjà il ne pourra plus s'en passer. Mais il se retient ; il sait qu'elle ferait entendre ce petit bruit agacé, ce léger claquement de la langue contre les dents qui signifie : « Cesse un peu Vincent ! Tu exagères... Imagine que quelqu'un nous voie !... » Et alors ? C'est le cadet de ses soucis. Mais cela doit être dans l'ordre des choses ; les garçons sont sans doute voraces et les filles plus raisonnables. C'est en tout cas ce qu'il a souvent entendu dire...

Vincent regarde Hélène et se met à rire. Elle quitte momentanément l'univers de tendresse dans lequel elle semblait plongée, et sourit à son tour.

— Qu'est-ce qui te fait rire comme ça ? A quoi penses-tu ?

— A rien...

Elle avance les lèvres pour émettre ce fameux bruit de bouche qu'il aime tant et que personne ne saurait exprimer avec autant de charme. Il rit de plus belle.

— Dis-moi à quoi tu penses, Vincent.

— Mais à rien je te dis !

— Cela n'est pas possible, on ne peut pas penser « à rien ».

— Bon, alors devine...

— Tu te moques de moi, c'est ça ?

— Mais non !... Je voudrais t'embrasser.

— Encore ! ?...

Espiègle, elle se dégage et court devant lui sur le sable. Il lui laisse un peu d'avance et se précipite derrière elle en grondant comme un fauve qui poursuit sa proie. Elle se laisse rattraper et Vincent l'attire contre lui. Ils restent immobiles un long moment, les yeux clos, tête contre tête et mêlant leurs souffles précipités. Ses lèvres sont douces et veloutées, elles ont le goût des fruits qu'il croque en cachette dans le jardin de la tante Marie, à la nuit tombée.

Hélène s'écarte la première et Vincent la laisse faire. Une question lui vient à l'esprit.

— Tes parents ne se demandent pas ce que tu fais, durant tous ces après-midi ?

Une brève lueur d'inquiétude passe dans les yeux d'Hélène.

— Pourquoi me demandes-tu cela ?... Non... Ils croient que je joue avec des amies.

— Tu ne leur as pas parlé de moi ?

— Non, bien sûr... Et toi ? Tu leur as dit ?

— Non, mais c'est pas pareil, je suis un garçon et puis mes parents ne sont pas là... Qu'est-ce qu'ils font, les tiens ?

Hélène se remet en marche et ne répond pas. Vincent insiste :

— Hein, qu'est-ce qu'ils font ? Tu ne m'en parles jamais...

Hélène baisse les yeux comme si elle avait besoin tout à coup de vérifier l'endroit où se posent ses pieds sur le sol. Elle parle d'une voix changée :

— ... Je n'ai pas envie d'en parler... Ce sont des parents, c'est tout... Comme les autres, sans doute...

— On dirait que tu ne les aimes pas.

Cette fois, elle se tourne vers lui, s'arrête au milieu du chemin et le fixe intensément.

— Je n'ai jamais dit ça !... Et puis arrête avec tes questions...

Vincent s'excuse et reprend sa main dont il caresse le dos avec son pouce. Ils ne disent plus rien et s'approchent de l'étang qu'on voit déjà miroiter en contrebas, entre les feuilles qui s'agitent paresseusement. Sur la rive opposée, quelques pêcheurs assis sur des sièges pliants somnolent au soleil en surveillant leur bouchon qui reste désespérément immobile. Les deux enfants enfilent leurs maillots de bain en se tournant pudiquement le dos et courent vers l'eau dans laquelle ils entrent en faisant jaillir des éclaboussures.

Lurcy, le douze avril mille neuf cent vingt-quatre.

Chère petite Maine,

Ici tout va bien, la chasse au lapin bat son plein et nous ne pouvons plus en voir ni en sentir. Le plumier de Constance est toujours là et quand vous en aurez le temps, venez nous voir, même si ce n'est qu'une journée. Nous avons loué une petite bonne.

Je vous embrasse très fort.

Allongé sur son lit, dans la chambre du haut, Vincent remontait le temps. François n'avait pas posé de questions à son retour. Il avait continué son repas comme si de rien n'était, un peu boudeur. Julie s'était levée pour embrasser Vincent et, tournant les yeux vers son compagnon, elle avait déclaré que cela lui passerait et qu'il ne fallait pas s'inquiéter. Vincent avait tiré une chaise près de la table et s'était assis avec eux pour grignoter un peu de fromage et de pain, refusant que la jeune femme aille à la cuisine réchauffer le reste du bœuf bourguignon. François lui avait servi un verre de vin et leurs regards s'étaient croisés. Le cousin n'avait pas pu s'empêcher d'éclater de rire, d'un rire un peu gêné qui tentait de faire oublier sa mauvaise humeur passagère. Personne n'avait fait allusion à l'argent.

Chers parents,

Hier j'ai eu un dix en composition française. Il y a une classe où je n'ai pas de bonnes notes : c'est en histoire et géographie, car je ne peux pas me rappeler des noms difficiles et c'est ceux-là qu'il faut savoir. Votre fils qui vous aime, Gilbert.

Vincent remontait le temps et rien ou presque, dans la correspondance rapportée de la maison, rien ne faisait allusion à Hélène. L'arbre généalogique des Crespin-Delaunay s'affinait peu à peu, mais les témoignages de leur vie au domaine ne mentionnaient pas le nom de la petite fille. Il y avait Auguste, le pionnier fondateur, venu du nord de la France avant le début du siècle, son fils Joseph qui avait fait prospérer l'exploitation, Constance sa femme, Germaine la sœur, laide et restée vieille fille, qui semblait s'être vouée aux œuvres charitables dès sa sortie du pensionnat ; venaient ensuite Gilbert et Louise, qui, en toute logique et compte tenu des dates, devaient être les parents d'Hélène. Mais comment expliquer ce silence autour de leur fille ? Son frère, Gilles, tenait beaucoup plus de place. On retrouvait sa trace au hasard de quelques lettres qui recommandaient qu'on l'embrasse tendrement ou qui présumaient qu'il « devait être un grand garçon maintenant », on le voyait sur un cliché retouché, le jour de sa première communion, on pouvait prendre connaissance de quelques-uns de ses bulletins de notes, d'ailleurs assez médiocres... Et bizarrement, Hélène semblait absente, à l'écart de ces petits événements familiaux qui, mis bout à bout, finissent par constituer une vie. Avait-elle tout emporté ou tout fait disparaître ? Avait-on sciemment brûlé ou détruit tout ce qui pouvait la concerner ? C'était assez improbable. Et pour quelle raison ?...

Vincent ferma les yeux et se renversa en arrière sur le lit où il demeura de longues minutes immobile, essayant de mettre un peu d'ordre dans les questions et les hypothèses qui tournaient dans sa tête. Une famille comme celle-là ne pouvait pas disparaître brutalement sans laisser de trace. Il y avait bien quelqu'un dans les parages qui les avait connus, qui avait travaillé pour eux. Ils avaient forcément eu affaire à des fournisseurs, des domestiques, à un médecin, un notaire, un épicier... Vincent ne savait trop par quel bout il faudrait s'y prendre. Il essayait de se mettre dans la peau du détective qui, en deux cents pages ou deux heures de pellicule, trouve toutes les réponses. Demain, il commencerait par le cimetière.

Manufacture de voitures Rétif et compagnie, carrosserie de luxe et de fantaisie.

A la charrette : supprimé le palonnier et mis des dards, mis des jumelles à canon, réglé les quatre marchepieds et les tourillons de ressorts arrière...

Tous les papiers avaient la même odeur humide, tous souillaient les doigts qui les tenaient, obligeant Vincent à s'essuyer fréquemment sur la toile de son pantalon, sans se soucier des traînées crasseuses qu'il y laissait.

Il reprit le petit carnet noir chargé d'une fine écriture à la plume, celui où s'étalait toute l'opulence de la famille, au début du siècle, quand avait lieu la « loue » des domestiques et que les « toucheurs » convoyaient les troupeaux de bœufs charolais vers les abattoirs de

Moulins ou de Montluçon et marchaient même quelquefois derrière les bêtes jusqu'à Paris. Le patriarche fondateur avait dû être quelqu'un de très méticuleux qui notait soigneusement toutes les dépenses au jour le jour :

Le vingt-cinq août mille neuf cent deux, reçu de Noël Rousselet un petit porc, dix-neuf francs... Payé cotisation à Société vélocipédique, dix francs... Perdu aux cartes quinze francs en trois jours... Pierre Armingeat et sa femme, loués du quinze septembre au trente octobre, quarante francs... Augustine ne me doit rien, Albéric me doit quatre mille deux cents...

C'était à la fois drôle et inquiétant de faire revivre ainsi des gens qu'il ne pourrait jamais connaître. Par moments, il ne savait plus s'il les rêvait, s'il les inventait ou s'ils avaient jamais existé. Certains d'entre eux se matérialisaient presque sous ses yeux et il n'aurait pas été surpris de les voir assis tranquillement dans le vieux fauteuil Voltaire qui meublait un des coins de la chambre.

Un peu étourdi, Vincent interrompit sa lecture et regarda sa montre. Il était trois heures du matin et les mots commençaient à danser devant ses yeux, à se percuter les uns les autres pour former des phrases sans suite, comme les bribes de conversation qu'on peut surprendre au vol en marchant dans une rue achalandée, ou les miettes de bavardage qui se frayent un chemin jusqu'à la conscience du voyageur dormant d'un mauvais sommeil sur la banquette d'un train de nuit.

Sans prendre la peine d'ôter ses vêtements, Vincent roula sur le côté, tendit le bras vers l'interrupteur de la lampe de chevet et ramena sur lui la couverture écossaise. Le filament de l'ampoule avait à peine eu le temps de refroidir qu'il dormait déjà.

Il fait sombre dans la petite cahute recouverte de tôle ondulée. Vincent est incapable d'en dénombrer avec exactitude les occupants. C'est la première fois qu'il vient ici, dans les faubourgs de Sassoufro. Antoine est très fier que son patron ait accepté l'invitation. Ils ont garé la Land Rover assez loin car il est impossible de circuler en voiture dans les ruelles bordées de petites maisons toutes semblables, aussi misérables les unes que les autres, faites de pisé rouge et friable sur lequel s'enchevêtrent des plaques de tôle récupérées sur des camions, des treillis de palmes et même de vieux cartons d'emballage. Une multitude s'est regroupée là, aux confins de la ville touristique, attirée par ses lumières et ses grands buildings en construction. Ils ont quitté leur brousse natale en espérant trouver du travail et une vie moins pénible que celle des bananeraies et des plantations de cacao. Et ils s'entassent, à douze ou quinze dans ces cabanes sordides, au milieu des airs de musique afro-cubaine que hurlent les transistors, pendant que les enfants nus jouent dans les ruelles boueuses, petites silhouettes en pain d'épice estompées par la fumée des braseros sur lesquels cuisent des poissons jaunes et plats. Des jeunes filles aux seins nus remontent vers leurs cases en portant sur la tête d'immenses cuvettes en plastique jaune, vert ou rouge, remplies de linge, de fruits ou d'objets non identifiables.

— Tiens monsieur Vincent, reprends un peu de

l'*aloko*. Si, si, mange encore, sinon tu vas vexer la femme.

Fatima est la seconde épouse d'Antoine. Elle sourit en montrant ses dents écartées et très blanches d'où émerge un morceau de bois fibreux qui, dans ces contrées tient lieu à la fois de brosse et de dentifrice. Elle est drapée dans une toile de pagne jaune et bleu ornée de médaillons représentant des chefs d'Etat africains célèbres. Vincent ne peut s'empêcher de penser que l'un d'entre eux doit forcément lui recouvrir les fesses.

— C'est très bon madame N'diaouré, je vous présente mes félicitations.

Elle rit de plus belle pendant qu'Antoine traduit les propos de l'invité. Il trempe lui-même les doigts dans la bassine émaillée qui trône au milieu de la pièce sur un trépied. Un peu de sauce coule sur sa chemise immaculée dont la poche de poitrine s'orne du sigle « Royal Safari ». Lui aussi, comme tous les autres, enfreint tranquillement le règlement et n'enlève que très rarement l'uniforme de l'établissement. Vincent ne dit rien, il n'a pas vraiment l'esprit « maison », et c'est sans doute pour cela qu'il est invité aujourd'hui.

— Je suis désolé, mais nous n'avons pas de fourchettes... Et puis, de toute façon, je me permets, avec votre accord, monsieur Vincent, de vous considérer digne de toute l'affection que je réserve habituellement pour les membres de ma famille.

— Ne t'en fais donc pas, Antoine, c'est encore meilleur comme ça !

En fait, Vincent se force un peu pour manger. Le goût des bananes grillées et du poisson disparaît sous des tonnes de piment qui lui emportent la bouche. Il en est au moins à sa troisième Amstel chaude, puisée dans le casier à bouteilles qu'Antoine est allé acheter spécialement pour lui.

Sur le mur, en face de Vincent, on voit la photo un peu floue d'un Noir en uniforme. L'un des coins du cadre est entouré d'un ruban au bout duquel pend une médaille militaire. Antoine a surpris le regard de Vincent.

— Le type-là, c'était un des frères de ma mère. Il a servi dans l'armée française, caporal-chef Simba N'diaouré... Blessé deux fois devant Sedan. C'est dommage que vous ne l'ayez pas connu, il aurait beaucoup aimé discuter de la France avec vous, patron !

— S'il te plaît Antoine ! Je t'ai déjà dit cent fois qu'il n'y avait pas de patron ou de monsieur Vincent. Nous sommes chez toi, je suis ton invité, cesse un peu de te rabaisser sans arrêt.

— D'accord, je vais essayer. Mais c'est très dur. Et puis je préfère encore appeler les Blancs « patron » que de saluer les sauvages qui les ont remplacés. Le colonel Nimba est un voleur et un criminel. On se demande si cela valait vraiment la peine d'obtenir l'indépendance ! Le type du Parti populaire, il dit que, bientôt, nous ferons gronder la révolte...

Il se détourne et crache violemment sur le sol en terre battue. Les femmes rient en roulant des yeux blancs qui brillent au milieu de leur visage sombre. La tête d'un chien maigre se profile dans l'entrée de la case. Elles le chassent en tapant dans leurs mains et en sifflant entre leurs dents.

— Ne parle pas comme ça Antoine, je t'ai déjà dit de te méfier. Tu as du travail pour nourrir ta famille, bientôt tu auras assez d'argent pour quitter ce quartier et vivre en ville, alors je t'en prie, reste tranquille. Je ne pourrai pas toujours intervenir pour arranger tes affaires. Cela ne t'avancera à rien d'essayer de lutter contre eux...

— Oui, mais tout de même, je ne peux pas les laisser dilapider mon pays... Un jour on les tuera tous, ces maudits Batékés.

— C'est partout pareil mon pauvre ami. La corruption et la saloperie existent partout. Elles sont peut-être un peu plus voyantes ici, mais cela ne fait pas beaucoup de différence.

— Tu as peut-être raison... En tout cas, si un jour tu t'en vas partir d'ici, je viendrai avec toi ! Je te servirai là-bas en France, pour rien, juste le lit et la nourriture... J'aimerais beaucoup ça...

— Nous n'en sommes pas encore là Antoine. Pour le moment, il faut que je retourne à l'hôtel pour donner mes cours de natation...

Vincent ne répond pas à la proposition d'Antoine. Que pourrait-il répondre ? Il est peut-être malaisé d'être un Africain en Afrique, mais cela vaut-il la peine de traverser les océans comme l'ont fait contre leur gré les esclaves d'autrefois ?...

Comme beaucoup de ses compatriotes, Antoine hait le nouveau régime du lieutenant-colonel Aristide Nimba. Mais Vincent doit-il lui expliquer qu'il n'est pas venu au pouvoir tout seul, qu'il n'est peut-être pas le vrai responsable ? Croit-il que tous ces Blancs qui traînent aux terrasses des bars de l'avenue de l'Indépendance sont là uniquement pour faire du tourisme, pour se faire cirer les chaussures par les enfants des bas quartiers et marchander des statuettes rituelles ?... Qu'est-ce qu'ils croyaient tous ces nègres ? Qu'on allait leur rendre de bon cœur ces milliers d'hectares de cacao, de café et de bois précieux ?... Avec de l'argent, il avait été relativement facile de faire comprendre au chef des armées où se trouvait son véritable intérêt, d'autant plus facile que sa tribu n'avait jamais été en bons termes avec celle du président...

Depuis longtemps, les femmes, qui ne parlent que le dialecte, ont cessé d'écouter les hommes. Elles tiennent leur propre conversation d'une voix aiguë et roucoulante, au débit très rapide. L'une d'elle attrape sans ménagements le bébé qui dormait contre son dos et lui présente un sein flasque dont on se demande s'il peut vraiment receler la moindre goutte de lait.

Vincent avait commencé à mener son enquête, avec la maladresse d'un néophyte. Il s'était rendu tout d'abord au cimetière. C'était le plus facile, et mieux valait faire ses débuts et son apprentissage dans ce lieu discret où il ne risquait pas d'avoir à s'expliquer, ni à répondre aux questions embarrassantes qu'aurait pu formuler un interlocuteur soupçonneux.

Le cimetière était presque plus gai et rieur que le reste du village. Il ne comportait que quelques travées séparées par des allées gravillonnées et bien entretenues ; Vincent n'eut donc pas de mal à repérer le caveau de la famille Crespin-Delaunay. Le double patronyme n'y apparaissait d'ailleurs qu'à partir de la deuxième génération inhumée à Couleuvre. Joseph, disparu en mille neuf cent soixante-deux avait, si l'on peut dire, étrenné ce changement d'état civil, suivi en cela par son épouse Constance, décédée peu de temps après lui. Joseph avait probablement souhaité étoffer le nom, l'enrichir en quelque sorte, en même temps que s'accroissait le patrimoine familial. D'autres noms apparaissaient, gravés dans la pierre, mais Gilbert et Louise ne figuraient pas sur la liste des disparus, pas plus qu'Hélène ou son frère Gilles, le petit messager du pont de l'Aumance. C'était déjà ça !

Vincent constata que l'imposant monument de granit n'avait pas été fleuri depuis longtemps, contrairement aux autres tombes de la rangée. Il quitta le cimetière en n'ayant pas appris grand-chose, si ce n'est ce détail du nom composé et le fait que les Crespin-Delaunay avaient dû être une des grandes et riches familles de la commune.

Vincent poursuivit ses investigations en se rendant à la mairie où il demanda à compulser les registres d'état civil. Il se montra très peu précis sur les dates et prit peur lorsque la secrétaire lui demanda ce qu'il cherchait et si elle pouvait l'aider. Il inventa une histoire abracadabrante de recherches historiques sur l'origine d'un nom de la région et, regardant sa montre, joua l'étonné qui n'a plus le temps et reviendra une autre fois. Dans la rue, il vit que l'employée le suivait d'un œil suspicieux à travers la vitre sur laquelle étaient collées des listes électorales et des affiches vantant la qualité d'un engrais miraculeux sans danger pour l'environnement.

C'est finalement à la poste, en feuilletant l'annuaire, qu'il découvrit deux embryons de piste : André et Mathilde Delaunay. Le premier était recensé comme exploitant agricole au lieu dit « Les Bruyères de Morat », la seconde demeurait rue de l'Église, à Couleuvre même. Compte tenu de la proximité, le choix était facile. Mais au moment où il tirait sur la chaîne de l'antique sonnette, Vincent souhaita presque que personne ne réponde. Il redoutait de se retrouver face à une très aimable septuagénaire qui lui annoncerait devant un verre de vin cuit accompagné de biscuits que toute sa famille avait été décimée dans un horrible accident de chemin de fer ou victime d'une épidémie foudroyante... Et personne en fait ne répondait. Vincent recula au milieu de la chaussée et leva les yeux vers les fenêtres aux volets clos. Il était lâchement soulagé mais sonna de nouveau en surmontant ses appréhensions. Une fenêtre finit par s'ouvrir en grinçant, dans son dos, de l'autre côté de la rue. Une femme se pencha vers lui et lança :

— C'est madame Delaunay que vous cherchez, jeune homme ?

— C'est exact. C'est bien ici, non ?

— Dame, c'est bien là, mais elle n'y est plus...

Maudite soit cette vieille méfiance qui ne donnait jamais que des bribes de réponse, et semblait attendre que l'étranger abatte ses cartes avant de poursuivre !

— Ah bon, elle n'est plus là... Et vous savez où je pourrais la trouver ?

— Bien sûr que je le sais, mais d'abord, qui la demande ?

Vincent mentit effrontément en priant pour qu'elle n'exige pas qu'il montre des preuves de ce qu'il avançait.

— Je suis un de ses petits-neveux, cela fait des années que je ne l'ai pas vue...

— Ah oui !... Et vous ne savez pas, forcément...

Vincent se demandait si elle le faisait exprès, si elle se moquait de lui et si sa remarque n'était que purement gratuite. La femme finit par lui révéler ce qu'elle savait, ce que n'importe qui aurait pu lui dire et qui n'avait rien de très confidentiel :

— ... Elle est à l'hospice de Bourbon-l'Archambaut, depuis presque cinq ans.

Vincent remercia poliment et remonta dans sa voiture. Il ouvrit la carte et l'étala sur le siège du passager, cherchant à repérer « Les Bruyères de Morat ».

« Ma chère Marie, je regrette beaucoup que tu n'aies pu passer cette semaine avec nous à la pension. Il y a huit jours, nous avons fait une très belle promenade en l'honneur de la bienheureuse Jeanne de Lestonnac. Accompagnées de Madame et des trois professeurs, nous sommes parties vers une heure et nous n'étions rentrées que pour les vêpres de trois heures.

Je pense, ma petite amie, que tu vas mieux et que tu viendras bientôt retrouver ta place à l'école. »

Vincent avait repris sa lecture. Toute la nostalgie d'une époque révolue coulait entre les lignes soigneusement et patiemment calligraphiées sur un papier grège à liséré noir. Il imaginait des jeunes filles en blouse d'uniforme, mordillant le bout de leur porte-plume en laissant leur beau regard triste errer sur le feuillage des marronniers de la cour. Sa mère avait dû connaître cette vie sage des pensionnats d'antan...

C'était un peu à cause d'elle qu'il avait interrompu ses recherches autour de Couleuvre. A cause de l'évocation de l'hospice. Hospice, hôpital, clinique, diagnostic, maladie... Il n'aurait pas supporté de revoir ces grands couloirs où des femmes en blanc poussaient des chariots, au milieu des plaintes étouffées qui filtraient par les portes closes et numérotées. Il se revoyait trop, dévalant les escaliers la gorge serrée, sous le regard étonné des patients en peignoir et pantoufles, qui croyaient retrouver dans ce gamin de quinze ans leur vitalité disparue, alors qu'ils contemplaient l'incarnation d'une douleur indicible.

Vincent se leva d'un bond et se mit à sautiller sur place, mimant le jeu de jambes et les coups que donne un boxeur, en exhalant par la bouche un souffle bruyant et rythmé. Il frappa le vide avec violence pendant plusieurs minutes, jusqu'à ce que sa tête se mette à tourner et le contraigne à s'asseoir de nouveau.

La « longue et douloureuse maladie » de sa mère n'était pas la seule raison qui avait fait se détourner Vincent de son enquête. Il y avait autre chose ; il préférait de loin se plonger et fouiller dans ces vieilles paperasses, plutôt que de se retrouver confronté à des humains bien vivants, des gens qui ne se laisseraient peut-être pas déchiffrer aussi facilement que ces feuillets cornés et froissés qu'il pouvait lire et relire à sa guise. Il voulait savoir, mais en même temps il se contentait de ces approximations fragmentaires. Il n'était plus très sûr de lui et se demandait ce qui comptait le plus : Hélène ou le souvenir d'Hélène ?

Ce dimanche dix, si terriblement froid.

Je viens de relire votre si charmante lettre à la pauvre vieille femme cassée que je suis. Qu'il est doux et consolant de se sentir comprise, il n'y a rien de pareil que deux âmes qui ont la même pensée tournée vers Dieu ! Nous sommes allés à Lurcy pour les Rameaux, prier un peu sur la tombe de notre petite Marie. Ces jours nous rappellent plus encore comme elle était heureuse près de vous. Elle était si déçue l'année dernière que vous ne puissiez venir. Elle disait : « Oh, l'année prochaine nous nous reprendrons. » Hélas. Elle n'a eu que l'espoir, pauvre enfant...

J'espère que cette lettre vous trouvera en aussi

bonne santé qu'elle nous quitte et je vous envoie toute mon affection.

Il y en avait d'autres encore, des lettres d'avant le téléphone, des lettres de famille, de deuil, de tendresse ou de bavardages insignifiants, des lettres d'affaires, des plis officiels rédigés dans un charabia administratif déjà indigeste, et des cartes joyeuses postées de villégiatures depuis longtemps démodées.

Vincent avait bientôt épuisé les trois quarts de la pile sans qu'Hélène n'apparaisse. Et pourtant, il avait maintenant l'impression de mieux la connaître, comme si le contact presque intime qu'il entretenait avec ses aïeux la rapprochait de lui.

Elle devait avoir trente-six ans, un mari et deux enfants. Elle avait dû couper ses longs cheveux et portait des tailleurs un peu stricts. Elle allait aux sports d'hiver et jouait au tennis tous les jeudis matin, son parfum était le même depuis les années à la faculté de lettres, elle conduisait un cabriolet bleu nuit et recevait à dîner des couples d'amis aisés presque tous les vendredis, elle... Mais quel con ! Qu'est-ce qu'il en savait ? Est-ce qu'il la reconnaîtrait s'il la croisait dans la rue ? Voilà que cette fois je déraille complètement, se dit Vincent. Une gamine de douze ans ! Il ne lui avait jamais écrit. Il en avait connu cent, ou plus peut-être, depuis cette dernière semaine de l'été mille neuf cent cinquante-neuf. Et pourtant !... Il n'était revenu ici que pour elle, sinon cela n'avait aucun sens... Un bon psychiatre, voilà ce qu'il lui fallait. Quelqu'un de calme, avec les pieds sur terre, qui saurait faire le rapprochement entre la forêt, la maison vide, sa mère, la petite fille et les chaleurs d'Afrique. Vincent se renversa en arrière et partit d'un grand rire bruyant qui n'avait rien de joyeux. Il se leva, enfila un blouson et descendit l'escalier en sautant une marche sur deux.

— François n'est pas là ?

— Non, il est à Moulins... Des parents qui veulent revendre le cheval de leur fille parce qu'elle n'a pas de bons résultats au collège...

— C'est malin !

— Comme tu dis ! On fait mieux comme sanction. J'espère que François va les estamper.

— Fais lui confiance ! A moins que, tel que je le connais, il ne les fasse changer d'avis.

— On peut l'espérer.

Julie scrutait les yeux de Vincent tout en continuant à repasser le linge propre, qui s'empilait sur un fauteuil. Vincent avait la nette impression qu'elle venait de parler en pensant à tout autre chose et ne fut pas surpris lorsqu'elle changea de sujet :

— Et toi ?... tu vas bien ?

— Ça va, ça va... Je vais aller faire un tour pour m'aérer. Tu crois que je peux prendre Gaïa ?

— Tu ne veux pas qu'on parle un peu, d'abord ?... Cet argent que tu as donné à François ?... Non ?... Tu trouves ça normal, tu poses des millions sur une marche d'escalier et il ne faudrait pas poser de questions...

Vincent leva les bras en faisant une grimace amusée qui n'avait aucun sens. Il ne répondit rien et se dirigea vers la porte en souriant.

— Enfin, Vincent, explique-toi ! C'est à peine si je te connais, et tu...

Vincent se retourna et l'obligea à se taire en dressant son index devant ses lèvres.

— Ne dis rien, pas maintenant... Pour l'instant fais

seulement semblant de croire au père Noël... Allez, à tout à l'heure.

Julie haussa les épaules et pressa lourdement le fer sur une chemise qui n'en demandait pas tant.

Vincent sortit et se dirigea vers l'écurie où il sella et brida la jument baie. Comme d'habitude, elle se laissa faire calmement, tournant la tête pour suivre d'un œil placide les mouvements de son cavalier et se gonflant par jeu au moment où il serrait la sangle. Elle était sa préférée ; une jument un peu râblée, qui ne pouvait pas se glorifier d'un pedigree impressionnant comme certaines de ses compagnes, mais qui affichait une santé, une bonne volonté et une générosité à toute épreuve.

Les sous-bois étaient magnifiques. Un tapis de feuilles jaunes, rouges et brunes recouvrait les allées et bruissait comme du papier froissé sous les sabots de Gaïa, tandis qu'elle allait de son pas long et balancé qui faisait saillir les muscles de ses épaules. Vincent se laissait bercer par les oscillations de sa monture, écoutant le vent dans le feuillage, les yeux perdus dans l'océan de fougères qui bordait la ligne. De temps en temps, il se penchait pour flatter l'encolure et chuchoter à l'oreille de Gaïa. Elle semblait répondre en baissant la tête et en soufflant bruyamment. Entre le Rond de Soulisse et celui de la Cave, ils se mirent au galop de chasse. Lorsqu'ils abordèrent la légère montée sablonneuse entre les bouleaux, Vincent serra les jambes et encouragea son cheval à grands claquements de langue. Et pendant près de deux kilomètres, Gaïa donna tout ce qu'elle avait, toute la puissance de ses muscles et de son souffle, emportant Vincent dans une course échevelée qui faisait claquer les pans de son blouson flottant à l'horizontale derrière lui, l'étourdissait en lui procurant un sentiment de puissance et d'invulnérabilité qui le poussait à hurler comme un dément, ses cris de joie couvrant presque le martèlement précipité des sabots sur le sol. Ils ralentirent progressivement et Vincent dut retenir la jument qui semblait prête à galoper jusqu'au bout du monde.

Comme à regret, ils redevinrent raisonnables, reprirent le trot, puis le pas, et longèrent l'étang dans lequel Gaïa fut autorisée à boire avant de rentrer à la ferme.

Vincent s'arrêta un instant pour contempler les toits rouges des bâtiments, à deux cents mètres de la lisière. Le camion était dans la cour, François était rentré. La jument releva la tête et se mit à hennir longuement, comme pour prévenir ses compagnons de son retour et leur raconter la belle récréation qu'ils venaient de s'offrir.

VII

— Allez madame Sanchez, un petit effort !... Le dos plat, s'il vous plaît, et on tire sur ses jambes, voilà !... C'est bien !... Par-fait, on s'arrête et on respire bien à fond...

Vincent est torse nu sur la pelouse qui borde la piscine. Elles sont huit ou dix en face de lui, pendues à ses lèvres et mimant tous ses gestes, tellement désireuses de bien faire pour s'attirer les félicitations du professeur. Pour certaines, il est beaucoup trop tard et ce ne sont pas ces petites séances de gymnastique matinale qui réussiront à leur rendre une silhouette de jeune fille. D'un œil de professionnel, Vincent a évalué le nouvel arrivage. Il se souvient de son prédécesseur, un Marseillais à moustache arrogante et pectoraux avantageux, qui lui avait glissé à l'oreille, pendant qu'il lui expliquait ses fonctions futures :

— Tu verras petit, c'est la belle vie. Elles ne viennent que pour ça !...

Et comme Vincent le regardait avec étonnement, il avait ajouté :

— C'est le climat qui les rend folles. Mais attention, il faut trier. Moi je les classe en trois catégories : « A éviter », « Complément d'enquête demandé » et « Oui, si le mari est resté à Paris ».

Sur le moment, Vincent s'était forcé à sourire, pour ne pas déplaire en jouant les bégueules. Mais aujourd'hui encore, ce cynisme vulgaire le choque profondément. Ce n'est pas son genre. Il est là pour distraire les clients, c'est entendu, mais tout de même !... Quoi qu'il arrive, il ne confondra jamais sexualité et gymnastique, et ne pourra jamais envisager sa vie amoureuse comme un sport, avec matchs-retour et points de bonification. Il se dit quelquefois qu'il a tort, et que la vie sans scrupule doit être plus simple et peut-être plus réjouissante... Peut-être...

Ce soir pourtant, elles l'attendront en robe fleurie laissant voir des épaules déjà rougies par les premiers feux du soleil africain, elles se redresseront brusquement sur le fauteuil profond du piano-bar et lui adresseront un signe de la main lorsqu'il fera son entrée. Elles auront les yeux brillants des femmes qui ont tout oublié et semblent renaître à une seconde vie qui n'est faite que d'instants volés à la banalité du quotidien.

Dehors, derrière les grandes baies qui surplombent le jardin tropical où s'ébattent des oiseaux multicolores, le ciel se plombera peu à peu et les collines boisées seront bientôt gommées par le rideau de pluie qui s'approche. C'est la petite saison des pluies du mois d'octobre, celle des tornades en miniature, des ruisseaux de latérite et des tarifs promotionnels.

— On repart pour une petite série d'abdominaux... En douceur, sans forcer. On s'écrase les reins sur le sol... Encore, mieux que ça !... Je ne devrais pas pouvoir y glisser la main... Très bien !... Et un-deux-trois-quatre, un-deux-trois-quatre...

Un des serveurs de la terrasse, celui dont Vincent n'a jamais su le nom, mais qui est célèbre pour sa façon d'ouvrir les bouteilles de Coca avec les dents, s'approche silencieusement, ses pieds nus semblant glisser sur le gazon fraîchement tondu. Il reste en retrait, à trois pas de Vincent qu'il n'ose interrompre.

— Continuez mesdames, et on y met tout son cœur... Et un-deux-trois-quatre...

Vincent se détourne un instant du groupe qui souffle et souffre, agitant en rythme une forêt de cuisses et de mollets plus ou moins joliment galbés.

— Tu veux me parler ?...

— Oui, monsieur Vincent... C'est le frère d'Antoine qui est là-bas près du portail. Il dit qu'il faut venir, que la chose est grave...

— Je voudrais voir le capitaine Koulibali, s'il vous plaît.

Les militaires dévisagent Vincent en souriant, un peu étonnés de voir un Blanc débarquer ainsi au cœur de leur caserne. Ce n'est pas un endroit pour lui ; à cette heure, il devrait être en train de siroter une bière fraîche en balançant son hamac dans l'ombre d'un cocotier.

Il règne une chaleur moite dans la pièce où stagnent des effluves de sueur, de piment et de fumée de cigarettes blondes. Les soldats sont vautrés sur leurs chaises et l'un d'entre eux dort, la tête dans le berceau de ses bras croisés, sur le bureau métallique.

— Je regrette infiniment, le capitaine n'est pas visible à cette heure-ci. Il vous faudra repasser ultérieurement.

Celui qui vient de prendre la parole porte un galon doré à l'épaule. Pour l'occasion, pénétré de l'importance de son rôle en l'absence de son supérieur hiérarchique, il se compose un visage tellement sérieux qu'il en devient comique.

— Qu'entendez-vous exactement par « ultérieurement » ?

— Là, monsieur, je ne peux rien vous dire... Demain matin peut-être, ou après-demain ?...

Il a haussé les épaules, accompagnant le geste d'une mimique fataliste et résignée. Une vraie tête à claques. Mais Vincent résiste à l'énervement et à la colère. Avec eux, il faut se méfier. Ce sont les hommes du lieutenant-colonel Nimba, qui est au pouvoir depuis qu'il a renversé et fait disparaître le trop généreux docteur Boubakar. Il ne faut pas les sous-estimer, il ne faut pas jouer avec eux, même lorsqu'on est blanc.

Dans un instant, songe Vincent, la valse des billets va commencer. Un billet de mille pour les subalternes, ou quelquefois un paquet de cigarettes, et puis cinq mille, dix mille, au fur et à mesure que l'on gravit les échelons de la hiérarchie. Vincent n'a jamais réussi à s'habituer complètement à cette pratique que tout le monde ici trouve normale. Aujourd'hui, c'est un peu différent. Ceux-là sont tellement corrompus qu'il n'aura aucun remords. Il espère simplement qu'ils ne vont pas prolonger trop longtemps les palabres pour essayer de faire monter les enchères.

Vincent n'a pas précisé le motif de sa requête. Cela vaut mieux. S'il avait parlé d'Antoine, qui doit se morfondre là-bas, de l'autre côté de la cour, dans un des cachots qui s'alignent comme les boxes d'une écurie sous le toit de tôle ondulée, les tarifs seraient devenus exorbitants. Le manège risque de durer très longtemps,

Vincent le sait. Il conviendra de choisir le bon moment, pour que le « cadeau » ait l'air naturel et ne risque pas de blesser les susceptibilités, à défaut des scrupules.

Négligemment, il commence à froisser lentement les billets enfouis dans la poche de son short couleur sable. Les autres font semblant de ne rien remarquer et le dialogue se poursuit.

— ... Si vous vouliez bien me préciser ce qui vous amène, peut-être serais-je en mesure de vous aider... Et même, si la chose le méritait, pourrais-je envisager de déranger le capitaine... Sa confiance m'est entièrement dévouée.

Vincent se demande d'où peut lui venir cette richesse de vocabulaire qui n'exclut pas quelques dérapages. Une dernière survivance de l'enseignement colonial, probablement... Il ramène à la lumière un grand billet un peu graisseux où figure un éléphant progressant à travers les hautes herbes de la savane. Les yeux du sous-officier s'allument et Vincent remarque pour la première fois les scarifications parallèles qui lui barrent les joues.

Décidément, celui-là est par trop agaçant, Vincent n'a plus envie de finasser. Il pose l'argent sur le bureau, à côté de la casquette grise ornée d'un écusson doré. C'est à peu près cinq fois ce qu'ils auraient osé lui demander.

— ... Et dites-lui bien mon profond respect. C'est un honneur pour moi de le rencontrer car je connais sa réputation de loyauté et de bravoure.

Tu parles ! Que ne faut-il pas raconter pour parvenir à ses fins ! Avec le sang que le capitaine a sur les mains, on pourrait remplir toutes les piscines du quartier résidentiel. Les Fangs et les Badangas ne sont pas près de l'oublier. Antoine vient du Nord, c'est un Badanga...

Le capitaine a fini par se montrer. Il a feint l'agacement de celui que l'on vient de déranger au beau milieu d'une tâche essentielle, mais Vincent a cru reconnaître sur son visage tous les signes d'une sieste écourtée. D'un geste, l'officier a renvoyé ses subalternes, qui ont décampé à vive allure en courbant l'échine comme des chiens battus. Maintenant, l'officier écoute Vincent qui plaide sa cause patiemment, et tente de le persuader qu'Antoine n'est qu'un pauvre bougre sans méchanceté qui s'est laissé influencer.

— Je suis sûr qu'à l'avenir il ne vous causera plus d'ennuis. Comptez sur moi pour lui faire comprendre où est son intérêt...

Le capitaine ne regarde pas son interlocuteur, il semble complètement absorbé par le stylo qu'il fait tourner sur le bureau, comme la roue d'une loterie en miniature.

— Je ne saisis pas bien les raisons qui vous poussent à intervenir en faveur de ce nègre dégénéré. Vous savez qu'il a osé frapper un de mes hommes, et c'est un crime très grave cher monsieur. Nous devons faire preuve de fermeté avec ces gens-là, pour mettre fin aux tentatives de déstabilisation qui visent à entraver la mise en œuvre de la politique de redressement national conduite par notre président. Le précédent régime et son idéologie pseudo-marxiste ont fait preuve d'un laxisme coupable qui a conduit ce pays au bord de l'anarchie. Le rétablissement et le maintien de l'ordre doivent être nos objectifs prioritaires.

Il a bien appris sa leçon et la phrase doit être servie journellement, à toutes les sauces. Vincent acquiesce poliment comme s'il était tout à fait convaincu. Il insiste cependant, de la même voix calme et posée, exempte de toute animosité :

— Je suis persuadé que ces malencontreuses voies de fait n'ont aucun caractère politique. Une querelle de voisinage tout au plus... Vous savez ce que c'est, un mot déplacé, une maladresse, une injure peut-être... Il n'en faut pas plus. Je connais bien monsieur N'diaouré et je suis persuadé qu'il est très affecté par le fait qu'on puisse croire qu'il est un mauvais citoyen.

— Pour moi, il n'y a pas de « bon citoyen » *a priori*.

Le capitaine a relevé brusquement la tête, mais Vincent ne voit pas ses yeux, dissimulés derrière le verre fumé des lunettes d'aviateur à monture dorée. Un silence lourd s'établit entre eux, et, soudain, le militaire part dans un grand rire bruyant qui ne manque pas d'étonner Vincent. Le capitaine lui aussi est pressé. Il a suffisamment joué, il a montré sa force et son pouvoir, et puisqu'on ne lui propose rien, il va demander. Il ôte ses lunettes.

— ... Est-ce que vous savez que je n'ai jamais été invité aux fameuses soirées du Royal Safari ?

Vincent espère que son visage ne trahit pas ses pensées. C'était donc ça ! La liberté d'un homme contre la perspective du plaisir... Depuis le début, le brutal nervi ne songeait qu'à une chose : venir parader dans son bel uniforme gris perle aux soirées dansantes du Royal Safari, parmi les invités triés sur le volet dans le Who's Who des notables autochtones. Vincent lui adresse un sourire entendu, et ils échangent un regard de connivence, entre hommes qui se comprennent à demi-mot.

— Ne vous en faites pas, cet oubli sera réparé. Je compte sur votre présence dès vendredi... Je connais quelques « personnes » qui seront très heureuses de faire votre connaissance.

Vincent a honte de ce rôle minable que les événements l'obligent à jouer. Mais il sait que c'est pour la bonne cause et qu'il n'y a pas d'autre solution. Pour se justifier, il se dit qu'elles n'attendent que cela et que, puisqu'elles veulent du dépaysement et de l'exotisme, elles vont être servies.

Dix minutes plus tard, Antoine apparaît dans la cour, escorté ou plutôt soutenu par deux gardiens. Apparemment, on a tenté de le rendre présentable, mais ses vêtements sont déchirés et son visage boursouflé d'hématomes. Il essaie de sourire à Vincent, malgré son œil gauche presque fermé et ses lèvres éclatées. Vincent le conduit à la voiture sans un mot. Sur le pas de la porte du bureau de police, les sous-fifres se poussent du coude en chuchotant. Le capitaine a déjà disparu.

— Je t'avais prévenu, espèce d'imbécile... La prochaine fois ça ne sera peut-être pas aussi simple... Mais bon Dieu ! Qu'est-ce que tu as dans la tête ? !

— Ne crie pas s'il te plaît, patron... Pour l'instant ma tête c'est comme le tambour des griots !

— Si tu continues, ils joueront bientôt pour ton enterrement les griots, tu peux en être sûr !

La Land Rover cahote sur la route numéro six qui mène aux plages bordées de palaces et de superbes villas. On raconte que l'entreprise qui l'a construite appartient au beau-frère du président. Il paraît qu'en dépit du coût exorbitant des travaux, on s'est contenté de dérouler un mince tapis de goudron, directement sur la latérite de l'ancienne piste. On dit aussi qu'il faudra la refaire avant la fin de l'année.

Vincent avait rendez-vous, et pourtant il avait longuement hésité avant de se décider. Il était déjà passé deux fois au ralenti devant la ferme d'André Delaunay, signalée depuis le croisement par un panneau en lettres noires sur fond vert : « Les Bruyères de Morat ». Il aurait dû accepter lorsque François avait proposé de l'accompagner. Son optimisme tranquille, ses yeux rieurs qui inspiraient confiance et son bagout de maquignon auraient été bien utiles aujourd'hui.

— Ce n'est quand même pas compliqué, avait déclaré ce dernier, tu te présentes, tu expliques ton cas et il te raconte ce qui s'est passé... Et tu cesseras de tourner en rond en imaginant n'importe quoi. D'ailleurs, je vais te la raconter, moi, cette histoire...

Levant un index près de sa tête qu'il rentrait dans les épaules, François mimait soudain un grand-père conteur s'adressant à ses petits-enfants :

— ... Il était une fois une famille bourbonnaise qui avait compris que l'agriculture n'était plus ce qu'elle avait été. Ils décidèrent donc de vendre leur domaine au plus offrant. Les bêtes, les terres, les machines, la maison, tout !... Ils empochèrent l'argent et allèrent s'installer sur la Côte d'Azur où ils ouvrirent une pizzeria de régime pour vieillards fortunés qui surveillent leur taux de cholestérol. L'acheteur, un paysan de Couleuvre, cultiva les terres mais ne sut quoi faire de la maison. Il la laissa donc à...

— Ferme-la François, tu ne me fais pas rire !

— Bon, d'accord, ce n'est pas très drôle. Mais je suis sûr que c'est quelque chose dans ce genre. Alors vas-y, va voir ce lointain parent qui t'enlèvera tes illusions. Et ne t'attends pas trop à ce que la petite fille soit entrée au couvent parce qu'elle ne pouvait pas t'oublier. La vie n'est pas un conte de fées, p'tit frère, tu es un garçon charmant mais les belles au bois dormant se sont réveillées depuis longtemps, tu peux me croire...

François avait certainement raison, mais qu'importe ! Vincent n'abandonnerait pas, dût-il déboucher sur le plus banal des dénouements. Il avait besoin de savoir : c'était maintenant une obsession de chaque instant. Il ne connaîtrait pas de répit avant d'avoir exhumé, pour les ramener au grand jour, les secrets de cette maison perdue au milieu des champs au bout de son chemin de terre. Il lui fallait combler le vide que cette découverte avait creusé dans sa tête. Le bon sens moqueur de François ne changerait rien...

Au troisième passage, il fallut bien s'arrêter. Il ne pouvait continuer à rôder de la sorte sans éveiller les soupçons. Vincent gara la DS devant la maison de maître dont la façade, disparaissant sous le lierre, donnait une impression d'opulence et d'immuabilité qui renforça encore son malaise. Un break Mercedes, noir et brillant, semblait attendre devant les marches du perron. On aurait pu se recoiffer en se penchant sur une des ailes étincelantes, lustrées et caressées amoureusement à petits coups circulaires avec une fine peau de chamois. Au moment où le visiteur s'apprêtait à descendre de voiture, un grand doberman s'avança lentement vers lui, l'échine hérissée et les babines retroussées découvrant des crocs impressionnants. Vincent se réfugia dans l'habitacle et claqua de nouveau la portière, attendant que quelqu'un veuille bien se manifester et rappeler le molosse.

— Au pied Wotan !... Monsieur, vous pouvez sortir, il ne vous dira rien.

Vincent hésitait encore. Dans d'autres circonstances, il aurait peut-être fait remarquer qu'il ne craignait pas tant ce que le chien allait lui dire que ce qu'il voulait lui faire, mais aujourd'hui, il n'avait pas le cœur à la plaisanterie.

— Je suis bien chez monsieur André Delaunay ?

— Ça m'en a tout l'air. Mais je vous en prie, approchez... Vous avez peur des chiens ?

L'homme affichait une soixantaine robuste, burinée et autoritaire. Il était vêtu d'une chemise blanche et d'un pantalon de velours vert qui disparaissait dans des bottes de cuir souple parfaitement cirées, aussi luisantes que la carrosserie de sa voiture, il se tenait très droit en haut des marches, comme un rapace sur un piquet de clôture qui guette un campagnol à la sortie de son terrier. De la main gauche, il agrippait solidement le collier du chien assis contre sa jambe, et qui suivait d'un œil mauvais tous les mouvements de l'arrivant. Comme celui-ci ne répondait pas, André Delaunay réitéra sa question.

— ... Vous avez peur des chiens ? Ne craignez rien, il est parfaitement dressé. Il ne vous fera aucun mal... Sauf si je lui en donne l'ordre, bien entendu.

Vincent essaya de sourire, mais il songea que la visite commençait très mal. Toujours cette stupide aversion pour le meilleur ami de l'homme, sans compter que ce hobereau méprisant et d'une autre époque lui fut immédiatement antipathique. Il regretta une fois de plus que François ne soit pas avec lui.

— Donnez-vous la peine d'entrer. Wotan va rester dehors, comme ça vous serez plus à votre aise... Assis Wotan, pas bouger ! Vous voyez comme il est docile ? Vous avez tort de ne pas aimer ces animaux... Moi, comme disait je ne sais trop qui, plus je connais les hommes, plus j'aime mon chien... J'ai dit pas bouger !

Et moi, se dit Vincent, plus je connais les chiens, plus je déteste les hommes qui s'en servent pour essayer de se prouver qu'ils sont forts.

Ils entrèrent dans un hall orné de grands tableaux représentant des scènes de chasse à courre, peintes dans un style pompier par un artiste obscur de la fin du XIXe. Dans les reflets d'une porte-fenêtre, Vincent crut apercevoir une silhouette féminine, qui disparut dans un éclair fugace d'étoffe bleue.

Une tête de dix-cors et celle d'un sanglier se côtoyaient dans la montée de l'escalier monumental, semblant supplier de leurs yeux tristement artificiels qu'on veuille bien les décrocher et en finir avec cette grotesque mascarade. Le maître de maison surprit le regard de Vincent.

— Ah ! La chasse... Une de mes passions avant qu'on ne se mette à inviter n'importe qui sous prétexte que son compte en banque est suffisamment garni. J'y ai renoncé depuis quelque temps déjà... Nous vivons une bien triste époque, mon cher monsieur... Mais vous n'êtes pas là pour m'entendre me lamenter sur mon sort... Je vous en prie...

Il s'effaça et introduisit Vincent dans un petit salon-bibliothèque qui sentait bon l'encaustique et le tabac anglais. Par la fenêtre entrouverte on apercevait la cime des chênes de la forêt de Tronçais qui ondulait doucement dans la chaleur lumineuse du ciel de cette fin de septembre.

Vincent se laissa tomber dans un profond fauteuil de cuir d'un vert fané, qui avait traversé sans dommages bien des époques, comme tous les meubles précieux qui l'entouraient.

— Alors, jeune homme, qu'est-ce qui vous amène et

en quoi puis-je vous être utile ? Au téléphone, je n'ai pas très bien saisi le but de votre démarche...

Vincent respira profondément et se racla la gorge. Allez, un peu de courage ! Qu'est-ce que tu risques, à part de te faire croquer par le sinistre Wotan ?... Il ferma les yeux et se jeta à l'eau.

— Et bien voilà... Je... Enfin, je procède actuellement à une étude sur le devenir économique de la forêt de Tronçais et de ses environs...

— Ah oui ? Comme c'est intéressant. Pour un magazine, sans doute ?

— Euh, pas exactement...

Sois plus énergique nom de nom ! Cesse de bafouiller comme ça, il ne va jamais te croire.

— C'est-à-dire... C'est une enquête, une sorte de thèse... Oui, c'est cela, une thèse... J'essaye de rencontrer un échantillon représentatif des différents milieux socioprofessionnels de la région.

— Une thèse ! Dites-moi... Et on vous a donné mon nom ? J'en suis extrêmement flatté. Vous savez que nous avons dans la région bon nombre d'universitaires très brillants qui seraient certainement plus à même... Vous pensez réellement que je peux apporter un éclairage intéressant à votre travail ?

André Delaunay ne s'était pas assis. Il arpentait la pièce de long en large, apparemment ravi qu'on puisse faire appel à lui et écouter son avis sur l'avenir de la région. Vincent décida de jouer sur cette vanité affichée et ne prit pas garde à la lueur de méfiance qui persistait dans le regard du sexagénaire.

— ... Dans cette commune, vous symbolisez parfaitement la réussite en matière d'élevage et d'agriculture. On m'a cité votre domaine, ainsi que celui de la Rouvraie...

— La Rouvraie, tiens donc !...

Il s'était soudain immobilisé face à la fenêtre, tournant le dos à Vincent. Celui-ci ne remarqua pas l'étonnement que ses paroles venaient de susciter. Il poursuivit sur sa lancée :

— Ce sont des parents à vous m'a-t-on dit ?

Delaunay pivota brusquement vers Vincent qu'il fixa durement de ses yeux noirs, étrécis sous les sourcils froncés. Les mêmes yeux que ceux du doberman quelques minutes auparavant.

— Venez-en au fait, jeune homme. C'est l'avenir de la forêt qui vous préoccupe, ou plutôt cette maison abandonnée ?... Pour tout dire, vous n'avez pas l'air d'un étudiant. Je ne crois pas à cette histoire de thèse... Mais peut-être allez-vous me démontrer le contraire, exhiber des dossiers, des carnets remplis de notes qui prouveraient votre bonne foi ?

Piégé ! Cela t'apprendra à sous-estimer tes adversaires. Tu pensais réellement donner le change avec cette fable ridicule ?...

— Vous ne répondez pas jeune homme ? dois-je en conclure que vous avez abusé de ma confiance ?

— Ce n'est pas exactement...

— Comment cela « pas exactement » ?... Que savez-vous et que cherchez-vous ?

— Justement, je ne sais rien...

L'homme s'était encore rapproché de Vincent et se penchait vers lui dans une attitude intimidante.

— Cessez de faire le malin. Pourquoi vous intéressez-vous à la Rouvraie ?... Qui vous envoie ?...

— Mais personne ! Qu'est-ce que vous allez chercher là...

— Je ne cherche rien, c'est vous qui venez fouiner

chez moi comme un petit fouille-merde que vous êtes... Et vous allez m'en donner les raisons.

Vincent baissa les yeux vers l'accoudoir du fauteuil sur lequel se crispaient les doigts de Delaunay, au point d'en faire blanchir les jointures. Le hobereau bourbonnais s'était départi de son allure vieille France et ressemblait maintenant à ce qu'il était : un homme en colère.

— Attendez, ne vous énervez pas, je vais vous expliquer...

Vincent ne savait plus s'il devait dire la vérité ou essayer de s'en sortir par un nouveau mensonge. Pourquoi cette fureur soudaine dès qu'il avait fait allusion à la maison et à la famille de son interlocuteur ?...

— A vrai dire, je recherche quelqu'un et...

— Nous y voilà !... Gilbert... C'est fou le nombre de gens qui s'intéressent à ce crétin... Vous n'apprendrez rien de moi !... J'ai déjà tout dit à l'époque... J'ai répondu à toutes les questions...

André Delaunay s'emballait maintenant sans aucune retenue. Une rage dévastatrice, dont Vincent ignorait les motifs, s'emparait de lui et lui faisait perdre toute contenance :

— ... Mais nom de Dieu ! Ça ne va pas recommencer !... Pendant combien de temps encore va-t-on me persécuter de la sorte ? Ces imbécillités ne me concernent pas, qu'il aille au diable... Qu'il crève ce scélérat, cet escroc... Je n'ai rien à vous dire... Rien du tout... Et je ne veux plus en entendre parler, vous m'entendez ?... Jamais, jamais plus...

Vincent observait, sidéré, la colère qui semblait gagner encore du terrain sur le visage d'André Delaunay. Dans un contraste étonnant, sa chevelure blanche, rendue presque bleue par les rinçages, tremblait au fur et à mesure que montait son excitation.

Vincent se leva en balbutiant, essayant de l'interrompre pour dissiper le malentendu :

— Vous n'y êtes pas. Je me moque totalement de Gilbert...

Il se voyait dans de beaux draps et se souvenait qu'entre lui et le doberman il n'y avait que l'épaisseur d'une porte. Il avait joué les apprentis sorciers et amorcé par erreur une sorte de machine infernale qu'il aurait probablement toutes les peines du monde à débrancher.

— ... Ce n'est pas lui, vous me comprenez mal... Laissez-moi vous expliquer, c'est...

— Rien ! Rien du tout. J'ai horreur qu'on me prenne pour un imbécile... Et de toute façon, vous avez été mal renseigné, j'ai rompu toutes relations avec cette branche de ma famille depuis presque dix ans. Qu'ils aillent au diable, tous, avec leurs grands airs, leur orgueil, leurs combines... Au diable, et vous avec...

Vincent ne savait plus quoi faire pour calmer le gentleman-farmer transformé maintenant en énergumène vociférant.

— Je ne comprends rien à vos griefs et je ne veux pas les connaître, dites-moi simplement si vous savez ce qu'est devenue Hélène... Je vous en prie, c'est très important pour moi.

André Delaunay n'écoutait plus. Il arpentait de nouveau le salon à grands pas nerveux qui martyrisaient le plancher de chêne. Son regard parcourait la pièce en tous sens, comme s'il avait voulu trouver une arme pour évincer l'importun. Au bord de la crise d'apoplexie, il siffla entre ses dents :

— Foutez-moi le camp, nom de Dieu ! Je n'ai rien à

vous dire... Déguerpissez avant que je ne vous réduise en miettes... Ce fumier de Gilbert !... Ce salopard ! La seule évocation de son nom me fait bouillir... Sortez, vous dis-je !

Vincent s'éclipsa sans demander son reste, pendant que l'homme continuait à brailler des insanités contre une parentèle qu'il n'avait pas l'air de porter dans son cœur. Au moment de franchir la lourde porte, Vincent se souvint du doberman. Merde ! il était coincé entre deux calamités, la fureur d'un vieux fou et les crocs d'un gardien germanique. Le choix n'était pas simple. Il entrouvrit prudemment le battant et passa la tête par l'ouverture. Miraculeusement, le chien avait disparu, profitant sans doute de ces quelques instants de liberté pour aller gambader dans la forêt toute proche ou égorger deux ou trois moutons innocents dans les pâtures du voisinage.

En trois enjambées, Vincent atteignit sa voiture dont il ouvrit la portière d'une main tremblante. Son démarrage convulsif renversa un pot de géraniums et laissa un peu de peinture noire contre l'un des piliers du portail. Avant de disparaître au bout de l'allée, il eut le temps de voir André Delaunay, rouge comme un coq et scandant du talon de sa botte les appels furieux qu'il hurlait en pure perte du haut des marches de granit, sous l'œil placide d'un troupeau de charolaises qui en avaient vu d'autres.

— Au pied Wotan !... Au pied, saloperie de clébard !

— Mais pourquoi ne me l'as-tu pas demandé plus tôt ? J'aurais pu te prévenir. Les gens de Couleuvre le surnomment « le Grand Duc ». Je ne sais pas si c'est rapport à l'oiseau, mais en tout cas c'est un drôle d'original, ça c'est sûr !...

— Il vit tout seul ?

— Je crois qu'il a été marié dans le temps. On raconte que sa femme est partie avec un garde-chasse.

— Elle n'a peut-être pas eu tort...

Après son altercation avec André Delaunay, Vincent était repassé par Damery et s'était dit qu'un remontant à l'Auberge du Pont ne pourrait que lui faire du bien. Les deux vieux avaient été tout contents de le revoir et la première question de la tante avait évidemment eu trait à ses nouvelles habitudes culinaires :

— Alors ?... J'espère que Julie vous fait de la bonne cuisine au moins ? C'est important lorsqu'on travaille toujours dehors... Tu veux manger quelques crêpes ? J'en ai gardé une petite douzaine au chaud, dans le four de la cuisinière... Ça te tente, mon grand, avec de la confiture de mûres ?

Vincent s'était senti réconforté par cette tendresse nutritionnelle et s'était attablé de bon cœur devant l'assiette où les crêpes dorées et croustillantes luisaient dans leur nappage de beurre fondu.

Il avait raconté son histoire. Après la déception du début de l'après-midi, il avait besoin de se confier. La tante Marie et l'oncle Georges étaient capables de comprendre ; ils ne se moqueraient pas de lui.

— C'était donc ça qui te tracassait depuis tout ce temps !... Ils le regardaient, un peu ébahis, mais fiers au fond d'eux-mêmes que Vincent ait pu conserver un souvenir aussi fort des beaux jours de vacances à Damery.

— Tu sais, des gosses, on en a vu depuis l'temps ! Cette petite, je ne crois pas m'en souvenir. On se souvient plus facilement des chenapans, ceux qui ont mal tourné... Les petits voyous qui venaient nous voler de la rhubarbe dans le jardin par exemple... Des choses comme ça...

La tante hochait la tête comme à son habitude, les bras croisés sur la table et les yeux en dedans, semblant faire revivre une époque où elle était encore jeune, quand son dos ne la faisait pas autant souffrir et que ses jambes ne gonflaient pas douloureusement à la fin des journées de travail.

L'oncle menait ses recherches d'une façon plus scientifique, plus terre à terre, énumérant des noms, des faits marquants et des épisodes de la vie du canton en fouillant dans le désordre de sa mémoire pour tenter de venir en aide à son neveu.

— Je me rappelle pas de ces gens-là... Cela ne me dit rien du tout. J'ai entendu parler de la maison, une fois, mais je ne sais plus à quel propos... Ils ne devaient pas être clients de l'auberge... Même au repas des chasseurs... Non, je me souviens pas. Je revois bien l'ancien de la fabrique de porcelaine et le gros Blanchard, qui faisaient des fêtes à tout casser avec des petites jeunesses de Paris... Ah ! on peut dire qu'ils en ont claqué du pognon, chez moi !... Mais ceux-là, non... Le maire de Couleuvre, le docteur Charpentier et toute la clique, au moment des élections... Les réunions de la Commission agricole et même un ministre en soixante-quatre, ça oui... Mais ces gens-là, non, je crois pas que je les connaisse, Vincent... Faudrait voir le vieux Léo. Il est toujours au courant de tout, il doit bien savoir... A partir de cinq heures, on le trouve généralement au Café de la Mairie, à Couleuvre... C'est lui qu'il faut voir...

Faute d'éléments nouveaux, l'enquête fut provisoirement abandonnée et on dévia sur d'autres sujets tels que l'élevage des chevaux et le développement de l'équitation de loisir, l'été, qui avait tenu toutes ses promesses, et la pousse des champignons, que l'on pouvait raisonnablement envisager à la prochaine lune.

Vincent resta encore quelques instants avec eux en promettant qu'il viendrait un dimanche avec François et Julie. Non, elle ne parlait pas d'avoir un enfant... Oui, tout allait bien, les travaux des écuries étaient prévus pour le mois de novembre... Non, il n'y avait pas de problème avec la banque... Tout le monde était en parfaite santé... Il ne manquerait pas de les embrasser de leur part, et qu'on ne s'inquiète pas, il était parfaitement heureux.

Vincent dut agiter la main très longtemps par la vitre baissée, répondant aux adieux prolongés de l'oncle et de la tante, qui se penchaient sur le pas de la porte. Sur le siège à côté de lui, un lapin enveloppé dans un torchon blanc et un cageot rempli de pots de confiture s'entrechoquèrent lorsque les deux roues droites sautèrent la marche du trottoir de la rue Desboutin.

VIII

Vincent n'a presque rien mangé ce matin. Il pleut, comme si le temps lui aussi avait décidé de se mettre au diapason de cette tristesse du départ et de la séparation. Son père va venir le chercher tout à l'heure. Il se penchera sans un mot, tendant sa joue froide pour que Vincent y dépose un baiser sans chaleur. Il portera la valise dans le coffre bien rangé et remerciera son frère et sa belle-sœur de sa voix grave qui n'exprime jamais la moindre émotion. Il aura sûrement son grand imperméable kaki, et il pestera contre le climat, tellement humide à cause de la forêt. Vincent montera derrière lui et ils rouleront pendant des heures, sans presque se dire un mot. Avec un peu de chance, il réussira à s'endormir un peu avant Bourges, bercé par le ronronnement du moteur et le va-et-vient chuintant des essuie-glaces.

En attendant, Vincent est monté dans la grande chambre, sous les toits, pour préparer ses affaires. La tante et François avaient les yeux humides. Ils n'ont rien dit pendant tout le déjeuner. Vincent inspecte la pièce silencieuse en cherchant dans tous les recoins les reliques qu'il aurait pu oublier. Le lance-pierres est sous le lit, avec sa fourche polie par l'usage et le gros élastique à section carrée qu'ils ont eu tant de mal à se procurer. Il en a cassé des bouteilles, sur les pentes de la décharge publique ! Des tas de bouteilles qu'ils disposaient en pyramide instable avant de compter les points en hurlant de joie, chaque fois qu'elles éclataient en morceaux sous l'impact des grosses billes d'acier ou des cailloux bien ronds. Il a touché un écureuil, une fois, presque par hasard, mais il n'a jamais voulu recommencer... En tout cas, c'est fini pour cette année. On ne peut pas jouer au lance-pierres dans les rues d'une grande ville, pas plus que dans la cour goudronnée d'un pensionnat.

Vincent ouvre le portefeuille en simili cuir que lui a offert la tante Marie. Il y reste quelques billets de mille francs, les derniers de son argent de poche. Et puis, il y a la photo. C'est un petit cliché à bords dentelés, de cinq centimètres sur quatre, de ceux que l'on utilise pour les papiers d'identité ou les cartes de réduction dans les chemins de fer. Hélène sourit. Vincent sait que c'est pour lui, elle l'a inscrit au dos du petit rectangle cartonné : « Pour Vincent ». Il approche la photographie de ses lèvres et ferme les yeux. Il reste ainsi pendant plusieurs minutes, immobile et revivant les grands moments de bonheur qu'elle lui a fait découvrir. Mais il a peur ; plus tard, elle continuera à sourire sur la photo, et il sait que ce sourire lui fera mal. Est-ce que cela existe, est-ce qu'il est possible de n'aimer qu'une seule fois dans sa vie ? Vincent n'en sait rien. Peut-on vivre des années dans l'attente, avec pour seul espoir la photographie d'une fillette souriante qu'on emmène partout avec soi, qu'on glisse dans les pages d'un livre de géographie et qu'on regarde à la dérobée en faisant attention à ce que personne ne vous voie ?

Vincent se jette sur le lit et enfouit son visage dans l'oreiller moelleux qui sent la lavande naturelle. Il essaye de faire revivre les instants tellement précieux, les minutes passées avec elle au bord de l'Aumance, son rire qui lui donnait des frissons à la racine des cheveux, il essaye de faire revenir sa voix, de se remémorer tout ce qu'elle lui a dit, de revoir tout ce qu'il a lu dans ses yeux...

— Vincent ! Vincent !... Descends vite mon petit, ton père est arrivé.

La voix de sa tante dans l'escalier l'a fait sursauter. Il contemple une dernière fois la photo avant de la ranger soigneusement dans le portefeuille, dans la pochette centrale qui ferme avec une fermeture Éclair. Par la fenêtre étroite du pignon ouest, il regarde la rue qui s'étire vers les jardins entourés de grillages, où se dressent les rames de haricots semblables à des tipis d'Indiens recouverts de feuillage. Plus loin, la rivière serpente au milieu des prés puis disparaît derrière une butte, juste avant la lisière de la forêt. La pluie semble dissoudre tout le paysage, gommant les couleurs vives pour ne laisser percer qu'un vert de gris uniforme et mélancolique. Un sanglot sec et silencieux secoue la poitrine de Vincent. Il saisit sa valise et son blouson et descend lentement l'étroit escalier dont la septième marche fait entendre son soupir grinçant habituel.

La plupart des hommes ont des têtes de chien. Quelques-uns ressemblent à des chevaux, à des oiseaux ou à des reptiles, plus rares sont ceux qui présentent un faciès de poisson. Léopold Champroux, dit Léo, appartenait à cette dernière catégorie. Avec ses grosses joues marbrées et son absence de cou qui donnait l'impression qu'on avait collé sa tête massive directement entre deux épaules fuyantes, Léopold ressemblait à une carpe, à cette différence près qu'il était plutôt bavard.

Le gros Léo, c'était tout à la fois l'employé communal, le factotum, l'agent électoral, le roi des petites combines qui arrondissent les fins de mois, l'indicateur, le chasseur futé, le préposé aux renseignements généraux avant la lettre et le plus fidèle pilier du Café de la Mairie à Couleuvre. Vincent n'avait pas eu de mal à le reconnaître ; dès que celui-ci était entré, les « Salut Léo » et « Tiens, v'là Léo » avaient fusé naturellement de toutes les bouches.

Vincent avait poussé la porte à carillon du café vers quatre heures et s'était installé dans un coin de la salle, contre le mur, près de la grande vitrine qui permettait de surveiller la place. Il n'y avait pas grand monde, et il avait fait passer le temps en buvant de la bière. A deux tables de lui, un couple probablement illégitime se faisait des reproches en chuchotant, leurs têtes penchées au-dessus des tasses de café, se touchant presque. Vincent s'était distrait quelques minutes en essayant de retrouver à quel département correspondaient les derniers chiffres du numéro d'immatriculation de leur voiture garée devant la porte. Soixante-trois : Le Puy-de-Dôme, entre le Pas-de-Calais et les Pyrénées-Atlantiques.

Ensuite, il avait tendu l'oreille pour comprendre de quoi ils parlaient, mais n'avait saisi que des bribes de phrase où il était question d'un coup de téléphone et d'un rendez-vous manqué. Mais si, l'homme avait bien appelé à l'heure convenue. Pourtant la femme était là, elle n'avait rien entendu, personne n'avait téléphoné, je t'assure, ou alors tu t'es trompé de numéro... Vincent songea qu'ils feraient mieux de profiter de ces instants volés plutôt que de se disputer ainsi.

De temps à autre, un livreur ou un marchand ambulant faisait son entrée en saluant la maigre compagnie. Il avalait son petit rosé d'un seul coup sec de la tête renversée vers l'arrière, s'essuyait les lèvres et repartait pour sa tournée, remplacé par un groupe de forestiers dont les combinaisons bleues sentaient l'essence et l'huile de tronçonneuse. Leur passage était tout aussi bref et ce ne fut que vers cinq heures et demie que les choses se stabilisèrent avec l'arrivée de clients moins pressés. Léo en faisait partie.

Même vu de loin, depuis l'abri relatif du poste d'observation que constituait la table de bistrot et ses quatre chaises, la première impression était défavorable. Vincent dut se forcer pour envisager une prise de contact. En d'autres circonstances, il aurait probablement tout fait pour éviter d'avoir à serrer la main de ce personnage, qu'il pressentait fuyant, visqueux et méprisable.

Il fallut encore attendre le moment propice pour aborder le bonhomme, l'inviter à prendre un verre et l'amener à la table, loin des oreilles indiscrètes.

— Je ne crois pas vous connaître et pourtant quelque chose me dit... Attendez !... Vous ne seriez pas le neveu de l'Auberge du Pont, des fois ?...

Décidément, l'homme était bien tel que l'avait décrit l'oncle Georges, rien ne paraissait pouvoir lui échapper dans un rayon de trente kilomètres. Tout en buvant, ils discutèrent un bon moment, de tout et de rien, avant que Vincent ne finisse par aborder, sans avoir l'air d'y toucher, le sujet qui l'intéressait. Léopold Champroux ne sembla pas étonné. Il était là pour ça, pour renseigner, pour dévoiler tout ce qu'il savait, quelles qu'en puissent être les conséquences. Raconter la vie des autres avec force détails croustillants si possible, c'était sa seconde nature.

— Mon p'tit gars, on peut dire que vous êtes bien tombé ! Je suis comme qui dirait la conscience de ce patelin... Après monsieur le curé, bien sûr !... Donc, vous voulez que je vous cause des Crespin-Delaunay... Belle famille !... Grande et belle famille !... En tout cas dans les débuts...

Le vieux s'installait, se raclait la gorge et lâchait quelques phrases courtes entrecoupées de silences. Ses petits yeux ronds, grossis par le verre des lunettes, semblaient incapables de se fixer au même endroit plus de trois secondes. Son regard quittait la table, évitait celui de Vincent, s'envolait vers l'horloge œil-de-bœuf accrochée au mur, glissait jusqu'au comptoir, sautait d'un visage à l'autre et revenait se poser momentanément sur son godet déjà vide. Il avait l'air inquiet, comme s'il craignait que la masse des racontars qu'il colportait depuis cinquante ans ne finisse par le rattraper et vienne tout à coup l'écraser par surprise.

— Le problème, voyez-vous jeune homme, c'est qu'à mon âge il faut que je prenne soin de ma mémoire. Elle a tendance à se dessécher comme une vieille plante et je dois veiller à l'arroser assez souvent...

Vincent l'observait d'un œil qu'il souhaitait parfaitement neutre, et ne saisit pas immédiatement l'allusion. L'autre dut répéter sa demande en forme de bon mot, pour qu'enfin il réalise et autorise d'un geste Léo à commander une nouvelle tournée de vin blanc. En dépit des six étoiles visibles sur le col de la bouteille, la qualité très ordinaire de ce prétendu « Délice du Montagnard » commençait à lui brûler l'estomac, mais Vincent continua machinalement à tremper ses lèvres dans le petit verre en duralex. C'était déjà le quatrième, peut-être même le cinquième, il ne savait plus.

— Je les ai surtout fréquentés avant la guerre, au temps de leur splendeur, avant que ça ne tourne au vinaigre... J'ai travaillé pour eux dans le temps. Je faisais un peu le régisseur, un peu d'entretien, des petits trucs... Monsieur Joseph, je le respectais... vous ne l'avez pas connu ?

Vincent fit un signe de dénégation, sans préciser qu'il avait vu son visage sur de nombreuses photographies et qu'il connaissait même son écriture, ses pattes de mouche serrées, déchiffrées sur les livres de comptes et les lettres découvertes à la Rouvraie.

Après son tour de chauffe et maintenant suffisamment ravitaillé en carburant, le gros Léo attaqua le vif du sujet, dans cette langue particulièrement imagée et fleurie qui avait grandement contribué à sa réputation de prince de la clabauderie.

— ... Un grand bonhomme, monsieur Joseph... Sévère mais juste... Le genre qui n'a pas besoin de s'y reprendre à deux fois pour se faire entendre... Respecté, vénéré... Et un sacré fusil... Dans tous les sens du terme ! Fallait le voir à la chasse plomber un lièvre... Pas comme les sagouins de maintenant qu'on dirait que la bête a sauté sur une mine !... Et pour la bagatelle, même chose... Un chaud, le Joseph ! Un tireur d'élite si vous voyez c'que je veux dire, mais qui aurait découvert la mitrailleuse... Faut dire que Constance, c'était pas son truc, elle donnait plutôt dans la passion religieuse façon « petite sœur des pauvres »... Entre nous, quand on la voyait, on se disait qu'elle n'avait pas vraiment le choix... Je ne sais pas pourquoi il l'avait épousée, mais pas pour son physique toujours... Et puis...

Vincent s'efforçait de prendre un air intéressé, hochant la tête à intervalles réguliers pour entretenir le débit haché et légèrement fielleux qui sortait de la petite bouche aux dents noircies par le tabac.

Léo semblait parti de loin. Faudrait-il subir tout le catalogue des aventures de la famille Crespin-Delaunay ?... Mais comment l'interrompre sans risquer de blesser celui qui se mettait en quatre pour narrer par le menu des épisodes qui, s'ils permettaient de mieux cerner les protagonistes de cette saga bourbonnaise, ne présentaient aucun intérêt pour l'avancement des recherches immédiates ?

Et puis, cette époque lointaine, Vincent préférait l'imaginer lui-même, la reconstruire à sa manière en feuilletant les petits carnets noirs, les cahiers d'école et les lettres au porte-plume. Les gravures et les tableaux en demi-teinte qu'il avait fait naître de cette façon appelaient un flou artistique qui ne résisterait pas à la lumière crue et sans indulgence dont les éclaboussait le projecteur brandi par Léopold.

— En fait, je me préoccupe d'un passé beaucoup plus récent et...

Comme Vincent s'y attendait, Léo eut l'air déçu. Il devait se dire que ce petit gars, qui avait sans doute quelque chose à cacher, ne savait décidément pas apprécier ses talents de conteur.

— Bon, bon... Si ce que je raconte ne vous intéresse pas, je peux aussi bien m'en aller...

— Non restez, je vous offre un autre verre... Si, si, j'insiste...

— D'accord... Un p'tit rhum alors...

Léopold se rassit en bougonnant, et Vincent fit signe à la patronne de venir prendre la nouvelle commande.

Dès qu'ils furent servis, Léo fit disparaître d'un trait les cinq centilitres de liquide ambré à quarante-quatre degrés. Vincent l'imita sans y trouver aucun plaisir. Le vieil homme, en revanche, fit claquer sa langue avec satisfaction et poursuivit :

— Vous, les jeunes, vous êtes tous les mêmes, toujours pressés... Vroum ! Et vas-y donc !... Pourtant il y en a des choses à raconter sur les Crespin-Delaunay, je vous prie de le croire...

Vincent voulait bien le croire, mais il ne souhaitait pas entendre dénigrer les aïeux d'Hélène. C'était déjà suffisant et même un peu gênant d'avoir violé leur vie privée en compulsant de façon illicite les « archives » de la Rouvraie. Que l'indicateur mal intentionné se contente d'expliquer l'absence !

— ... Bon, alors, si je comprends bien, il n'y a qu'une chose qui vous intéresse... Vous êtes comme les autres, c'est cette baraque vide qui vous turlupine ?... Bien vrai ?...

Vincent ne demanda pas qui était ces « autres » auxquels Léopold faisait allusion. Et pourtant, le Grand Duc avait eu le même genre de remarque l'autre jour, en affirmant qu'il avait déjà répondu « à toutes les questions »...

L'alcool, produisant son effet, entraînait déjà l'imagination de Vincent sur des pentes extravagantes, qui lui firent entrevoir brièvement des prétendants bien mis et fortunés, se précipitant et se bousculant sur la même piste que lui, avec quelques années d'avance...

— Ho !... Je vous parle...

— Oui, pardon ?

— Je disais que malheureusement, personne n'a jamais compris ce qui s'était passé. En tout cas, on n'a pas de preuve. Et ce n'est pas pour me vanter, mais si moi je ne le sais pas, je ne vois pas bien qui d'autre pourrait avoir la réponse...

Ben voyons ! C'eût été trop beau. Ce crétin malveillant et prétentieux finissait par avouer son ignorance. Vincent l'avait senti confusément dès les premiers instants... Ce genre d'individu n'était bon qu'à salir des réputations en colportant des ragots sans fondement et des rumeurs perfides. A quel titre aurait-il été mieux informé que les autres ?... A cet instant, Vincent eut l'envie rageuse d'apprendre un beau matin qu'on l'avait retrouvé cloué sur la porte d'une grange...

Une fois encore, la piste débouchait sur un cul-de-sac. Le mauvais rêve se perpétuait, interminable, une sorte de cauchemar librement consenti qui persistait longtemps après le réveil. La meilleure preuve était cette grosse face lunaire, de l'autre côté de la table, qui avait l'air de s'éloigner pour se fondre dans le décor, avant de revenir et de se rapprocher bizarrement, presque jusqu'à toucher son propre visage... Il fallait cesser de boire, il n'avait pas l'entraînement et la résistance de son interlocuteur...

— ... Bien sûr, les hypothèses n'ont pas manqué, on a parlé de dettes, de faillite... Faut dire que le Gilbert, il devait de l'argent à beaucoup de monde, à commencer par son oncle, le Grand Duc, vous voyez qui c'est ?...

Oui, Vincent voyait très bien, inutile de s'appesantir sur celui-là.

— ... Parce que au départ, Gilbert, c'est comme qui

dirait un ambitieux qui a voulu péter plus haut que son cul. L'agriculture, ce n'était pas suffisant... Pas assez chic, « Monsieur » avait d'autres ambitions... A la mort de son père, il a commencé les âneries... Il ne lui a pas fallu longtemps pour dilapider le patrimoine, comme on dit !... Ah ! ça non !

C'était reparti ! Vincent finissait par ne plus supporter cette voix monocorde et chuchotante qui laissait filtrer son courant de fiel et de rancœur. Léo l'avait reconnu lui-même, il ne savait rien de l'essentiel. Alors ?... Peu importaient les frasques de Gilbert, ses affaires douteuses et ses goûts de luxe, ses escapades dans un cercle de jeu vichyssois et ses mauvaises fréquentations.

Vincent sentait sa tête devenir de plus en plus lourde, et il devait se cramponner discrètement au rebord de la table pour ne pas piquer du nez.

Léo ne remarquait rien ou faisait semblant de ne rien remarquer.

— ... Et puis un beau jour... Pfuit !... Disparus, envolés... Mais, j'ai ma petite idée... Je l'ai encore jamais dit, mais...

Léo se penchait vers Vincent et, agitant un index recourbé, lui faisait signe de se rapprocher encore pour que personne d'autre ne puisse l'entendre.

— Jamais entendu parler de l'embouche chimique ?... Non, bien sûr... Les piqûres miracle... Les bœufs gros comme des hippopotames, élevés à coups de seringue, ça ne vous dit rien. Forcément !... On croit manger de la bonne viande bien rouge, nourrie dans nos riches pâturages et, total, c'est rien que de l'eau et des médicaments, des poisons de contrebande... C'est une combine très rentable, tant que personne ne vend la mèche... Mais forcément, il s'en trouve toujours un pour manger le morceau, si on peut dire... Un joli scandale qui a causé la perte de quelques margoulins qui n'étaient pas forcément les cerveaux, comme on dit... Comme toujours, les petits ont trinqué les premiers, mais c'est pas fini !... C'est là qu'il faut chercher... Ils sont nombreux dans le coin, ceux qui ont cru pouvoir faire fortune rapidement et sur le dos de la ménagère... Réfléchissez bien, ça se recoupe. Les dates, les circonstances... Y a rien de sûr, remarquez, mais l'enquête n'est pas terminée. A mon avis, sans vouloir être mauvaise langue, je crois que Gilbert a senti comme qui dirait la meute sur ses talons. Réfléchissez bien à ce que je vous dis, ça ne m'étonnerait pas qu'un jour...

Il ne termina pas sa phrase et resta un doigt en l'air, hochant la tête d'un air entendu. Vincent n'était plus capable de réfléchir depuis quelque temps déjà. Il ne savait même pas de quoi Léo voulait parler... Quelles dates, quelles circonstances ?... Du trafic de bétail ?... De toute façon, quelle importance ? Si Léo avait pu savoir combien il s'en moquait, de ces petites combines à la noix !...

— Et les enfants ?

Vincent s'était forcé à relever la tête pour articuler d'une voix pâteuse cette question incongrue. Léopold Champroux le dévisagea sans comprendre. Il réalisa, par contre, que Vincent n'était pas dans un état normal, mais fut loin d'attribuer cette dégradation aux trop nombreux verres ingurgités.

Un vrai berdin, ce gars-là ! On lui fait des révélations de la plus haute importance et voilà tout ce qu'il trouve à dire !... Léopold jugea qu'il serait sage et plus prudent de commencer à préparer sa retraite, avant que l'autre ne se mette à crier ou à faire du scandale. Vincent poursuivait son idée :

— Et les enfants ?... On ne sait pas ce qu'ils sont devenus ?...

Le voilà qui remettait ça ! De quels gamins voulait-il parler ? On n'en n'avait pas vu à la Rouvraie depuis au moins vingt-cinq ans !

— ... Ça, les mômes, ce n'est pas vraiment mon rayon... Mais, en tout cas, personne de la famille n'est jamais revenu traîner dans le coin. Il n'y en n'a qu'une qui pourrait avoir des nouvelles, mais pour lui tirer les vers du nez, c'est une autre histoire !... La Mathilde... Tous les gosses l'adoraient. Essayez toujours, elle a plus toute sa tête, mais on ne sait jamais... Vous pouvez pas la manquer, elle sort plus de sa chambre... à l'hospice de Bourbon...

Franchement, c'était bien la peine ! Perdre deux heures avec ce jeune farfelu, lui raconter tout ce qu'on sait pour en arriver là !... Encore heureux qu'il payait à boire...

— Voilà... C'est pas que je m'ennuie avec vous, mais ça va être l'heure de la soupe. La bourgeoise aime pas quand j'arrive en retard... Et souvenez-vous de ce que j'ai dit : la filière des pharmaciens-bouchers, les apprentis sorciers qui droguaient les veaux... C'est comme dans la fable de la grenouille et du bœuf, sauf qu'en fait c'est pas la grenouille qui a éclaté, mais ceux qui ont voulu gonfler le bœuf !...

Il se mit à rire en émettant un bruit de gorge insupportable. Il dut s'interrompre pour tousser et cracher avant de conclure :

— Faut pas chercher plus loin, tout vient de là, j'en mettrais ma main à couper !...

Vincent le vit qui s'éloignait en serrant des mains à la ronde. Après son départ, les consommateurs groupés autour du comptoir jetèrent des regards furtifs vers la table où Vincent restait assis, les yeux dans le vague. Qu'est-ce qu'ils avaient bien pu se dire tous les deux, pendant tout ce temps ? Et qui c'était d'abord celui-là, qui contemplait son verre d'un œil vide et se mordait les lèvres comme un qui aurait des ennuis ? Il n'avait pas l'air dans son assiette. Faut pas boire autant quand on tient pas l'alcool !

Lorsque Vincent sortit du café, la nuit tombait et l'orage menaçait. De gros nuages noirs s'accumulaient à l'ouest au-dessus de la forêt, et la dernière lueur du soleil couchant les striait de traînées roses. Si seulement la pluie voulait se mettre à tomber ! De grosses gouttes chaudes qui viendraient comme une douche bienfaisante pour balayer ce maudit mal de tête et lessiver cette bouillie de mots qui emplissait encore ses oreilles.

Vincent se dirigea d'un pas mal assuré vers sa voiture garée sur la place. Il avait beaucoup trop bu. Il eut l'impression très nette qu'il allait être malade...

Personne ne savait rien. Hélène s'était envolée avec tout le reste de la famille. Un labyrinthe, des impasses successives, des gens qui le prenaient pour un fou... Des histoires sans queue ni tête... Des veaux et des bouchers... Merde !...

Vincent n'arrivait pas à introduire la clé dans la serrure de la portière...

Va donc voir Untel, demande à machin, il doit

savoir... A moins que la vieille folle... Mathilde, puisque te v'là... Comme dans la chanson...

Il avait du mal à garder son équilibre et dut se cramponner à la poignée pour réussir à ouvrir la porte...

Tu fais peine à voir mon pauvre ami... Regarde les agglutinés contre la vitre... Ils se moquent de toi... On dirait une boîte de conserve qui roule dans le caniveau... Une vieille boîte de sardines que des gamins poussent du pied et qui finit dans une bouche d'égout...

Vincent se laissa tomber sur le siège en se cognant les genoux contre le volant. Il fut pris d'un rire nerveux, irrépressible, qui le secouait de spasmes douloureux contre lesquels il ne pouvait rien.

Il se cambra en grimaçant, la nuque renversée contre l'appuie-tête, les dents serrées et les yeux clos.

Ridicule et méprisable ! Une cloche qui se traînait lamentablement au plus profond de cette campagne sous-développée, en mendiant des lambeaux de souvenir que personne ne pouvait lui donner... Et ivre en plus ! L'haleine chargée de renvois aigres d'un mauvais pinard à trois francs cinquante la bouteille... Une loque, mon pauvre vieux, tu es en train de devenir une vraie loque !...

Après plusieurs essais infructueux, Vincent réussit à démarrer et à s'engager dans la rue principale. Tout était flou devant lui, les murs et les arbres qui bordaient la route semblaient vouloir se jeter contre le capot de la DS. Il ouvrit la glace, mais l'air chaud et humide ne réussit pas à lui remettre les idées en place. Au loin, des éclairs déchiraient le ciel sombre en silence. L'orage s'éloignait vers Lurcy, ce ne serait pas pour cette fois...

Ah ! elle serait fière si elle te voyait dans cet état, la petite fille aux socquettes blanches... La princesse de Bourbon... Disparue la princesse, évanouie dans le néant... Regarde-le ton chevalier servant, un vieux gosse qui vient de prendre sa première cuite... Et ton père ?... Un trafiquant ?... Disparu au Guatemala, au Brésil ?... Ou en Argentine peut-être, pour se planquer au milieu des anciens nazis... Un espion aussi, tant qu'on y est !... Oui, c'est ça, un agent double qui a vendu aux Russes les secrets de fabrication du bœuf charolais...

Mais attention bon Dieu ! Tu roules sur le bas-côté... D'un coup de volant brusque, il réussit à éviter *in extremis* la borne rouge et blanche qui venait de surgir dans la lumière jaune des phares...

« Je voudrais me marier avec toi, je sais que c'est toi que j'ai choisi, il n'y aura personne d'autre... »

Bien sûr, c'est évident, elle n'attend que toi... Quelque part elle pleure en murmurant ton prénom... Depuis vingt ans, elle porte le deuil... Qu'est-ce que tu crois ?...

La voiture tanguait et hoquetait d'un bord à l'autre de la route, et Vincent riait toujours. Sa tête par moments s'inclinait sur sa poitrine et il devait faire des efforts surhumains pour garder les yeux ouverts.

Mais pourquoi cette voiture ronfle-t-elle comme ça ?... Nom de Dieu !...

Cette fois, Vincent n'eut pas le temps de réagir, on venait d'enlever la route sous ses roues. Par bonheur, le fossé était pratiquement inexistant à cet endroit et la voiture continua sa course presque sans dommages, jusqu'au milieu du champ, où le moteur finit par caler. Vincent ouvrit la portière, glissa en posant le pied sur l'herbe du pré et s'étala de tout son long au milieu des taupinières. Il faillit rester là, allongé sur le dos, à même la terre chaude et accueillante où il aurait voulu s'endormir. Mais, dès qu'il fermait les yeux, tout se mettait à tourner et il dut se relever tant bien que mal...

Il fit quelques pas en vacillant, sans vraiment comprendre ce qui lui arrivait. Les bras écartés et les mains plaquées sur le capot brûlant, il tenta vainement de reprendre ses esprits, luttant pour préserver son équilibre sur ce sol fuyant qui s'inclinait inexorablement, comme le pont d'un navire assailli sans relâche par les vagues immenses d'une mer de tempête.

Vincent tomba lentement à genoux, en glissant le long de l'aile noire où le fil barbelé avait creusé une longue estafilade avant de céder. La tête appuyée contre l'enjoliveur chromé de la roue avant gauche, il se mit à vomir...

... Plus tard, de grosses gouttes de pluie qui s'écrasaient sur son visage le ramenèrent à la vie. Vincent se redressa lentement, hébété, ne sachant plus très bien où il se trouvait. La masse sombre de la voiture, immobile au milieu du pré, semblait l'attendre, docile. La portière était ouverte et le plafonnier dispensait une faible lumière blanche qui rendait le tableau encore plus irréel et incongru. Vincent se remit au volant et démarra. La DS décrivit une grande courbe dans le pré, cherchant à retrouver dans la clôture la brèche par laquelle elle avait fait irruption dans ce lieu plus souvent foulé par les sabots des troupeaux qu'utilisé comme piste d'essai pour des rallyes automobiles. Le double pinceau des phares, tel un projecteur de poursuite, faisait surgir de l'ombre la silhouette élancée des peupliers qui délimitaient le fond du terrain. Après avoir réalisé un tour complet en dérapant sur le sol gras, Vincent réussit à ramener la voiture sur la route et prit la direction de la forêt.

Il roula sans but, incapable de penser, les yeux rivés sur le ruban de goudron humide qui défilait devant lui. On n'entendait dans l'habitacle que le grincement lancinant des essuie-glaces balayant le pare-brise et le sifflement du vent par la vitre à demi baissée. Vincent se laissait guider, adaptant le mouvement de ses mains sur le volant au tracé sinueux de la route départementale qui s'enfonçait comme un tunnel dans l'épaisseur sombre du massif de Tronçais.

Il tourna en rond pendant près d'une heure, et finit par s'arrêter au bout d'un chemin dont la boue avait giclé en éclaboussures jaunes sur les flancs de la carrosserie. La grille était toujours entrouverte, telle qu'il l'avait laissée la dernière fois, mais cet entrebâillement n'était pas une invitation ; Vincent y voyait plutôt comme une grimace de souffrance, le signe d'un renoncement lugubre, une bouche béante, surprise et figée par la mort.

Il coupa le contact et s'appuya sur le volant, le front touchant presque le pare-brise. Le moteur, en refroidissant, faisait entendre des claquements et des chuintements brefs, accompagnés par les gouttes de pluie qui tambourinaient sur le toit en fibre de verre. La maison était comme un gros cube noir, émergeant à peine sur le ciel sombre d'une fin de nuit sans lune. De rares reflets s'accrochaient par instants aux fenêtres du premier étage, rendant encore plus sinistre le vide sans espoir dans lequel semblaient plongées la bâtisse et ses dépendances.

Vincent demeurait parfaitement immobile, le menton sur ses mains crispées au sommet du volant. Il avait l'air d'attendre, comme si tout à coup les fenêtres avaient pu s'illuminer et projeter des ombres mouvantes et joyeuses que l'on aurait vues s'animer sur les murs des salons et des chambres de la Rouvraie, au son d'un piano effleuré par des doigts féminins.

IX

Vincent pédale dans le noir, et quelquefois une ombre surgie au bord d'un fossé l'effraye et manque de le désarçonner. Il maudit cette roue voilée qu'il n'a pas eu le courage de réparer. La dynamo frotte par à-coups contre la jante et le phare ne distille qu'une lumière faible et intermittente, insuffisante pour lui révéler toutes les embûches de la route. Hélène lui a bien expliqué. Elle a griffonné un plan sur une feuille de cahier qui est pliée en quatre au fond de sa poche. A onze heures, elle sera près du mur, devant la grille. Il faut qu'il se dépêche... Deux virages à droite, le croisement, prendre à gauche... Cela doit être là-bas, au bout de cette ligne droite où il devine des formes géométriques qui ressemblent à des toits.

Les freins grincent. A cela non plus il n'avait pas pensé. Le bruit résonne dans la nuit et Vincent a l'impression que tout le monde l'a entendu. Il parcourt à pied les derniers deux cents mètres et, malgré les cliquetis de la chaîne, croit entendre une voix qui chuchote son prénom. Il se hâte vers le mur d'enceinte contre lequel il distingue maintenant une tache blanche.

Pourvu que personne ne l'ait entendu descendre. Il a cru que François ne s'endormirait jamais. Vincent avait beau simuler une énorme fatigue, son cousin continuait à raconter ses âneries et à pouffer tout seul dans le noir.

— Vincent, c'est toi ? Elle continue à chuchoter en scrutant l'obscurité.

— Oui, c'est moi, qui veux-tu que ce soit ?

— Ne te moque pas, j'avais si peur que tu ne viennes pas...

Il abandonne le vélo dans l'herbe qui borde le chemin et s'approche d'Hélène qui vient se blottir contre lui avec la fougue d'un jeune animal. Il sent son cœur qui palpite contre le sien. C'est le dernier soir, le dernier baiser avant des jours et des jours de grisaille, d'ennui, de solitude. Il ne sait pas pourquoi, mais il lui semble qu'il ne la reverra pas et qu'il faut qu'il grave à jamais cette nuit de septembre au fond de sa mémoire. Il ne lui dit rien de ses craintes, il promène ses lèvres insatiables sur son visage comme un aveugle en éprouverait de la main les contours. Hélène pleure doucement en se pendant à son cou. Il retient ses propres sanglots qui montent par vagues à l'assaut de sa poitrine. Il ne faut pas qu'elle le voie pleurer, ce ne serait pas bien, il doit montrer qu'il est fort et que l'avenir ne lui fait pas peur. Elle balbutie des mots inintelligibles et il songe qu'il est cruel et injuste d'avoir onze ans seulement et de ne pouvoir choisir sa vie. S'il était un homme, il l'emmènerait maintenant, tout de suite, n'importe où...

— Hélène !... Hélène, tu es là ma chérie ?

Une lampe vient de s'allumer à gauche de la maison. La silhouette d'une femme se profile à contre-jour au bout de la pelouse. Une fenêtre s'ouvre bruyamment au premier étage et un homme en robe de chambre apparaît sur le balcon.

— Mais que se passe-t-il, bon sang ! ?... Il y a quelqu'un dans le jardin ?

La voix de l'homme, sèche et autoritaire, contraste avec celle de la femme, douce et harmonieuse.

Hélène a sursauté et sa main s'est crispée sur le bras de Vincent. Elle renverse la tête en arrière et se hausse vers lui, cherchant sa bouche. Leurs dents s'entrechoquent maladroitement, les larmes de la petite fille coulent sur les joues de Vincent. La femme s'est avancée au milieu de la pelouse.

— Hélène ? Réponds, ma chérie... Que fais-tu dehors à cette heure ?...

Hélène se détache de lui comme à regret, et se faufile prestement entre les grilles. Vincent a encore tellement de choses à lui dire. Mais il est trop tard. Courbé dans le noir, il reprend son vélo et détale comme un voleur, plein de honte et de rage.

Il entend des voix derrière lui mais ne comprend pas les mots, tellement ses oreilles bourdonnent. Il lui semble que l'homme crie... Ils ont tout gâché. Ils n'ont rien compris, ils ne comprendront jamais rien. Vincent pédale de toutes ses forces et ses doigts lui font mal tant il serre les poignées du guidon. Le phare dispense toujours aussi peu de lumière mais il s'en moque ; de toute façon, les larmes qui emplissent ses yeux l'empêchcraient de voir la route.

— Bon alors ? Tu le tiens ce pied, oui ou non ?

Les chevaux avaient beaucoup travaillé pendant

l'été, leurs sabots s'étaient usés le long des chemins secs, et comme tous les ans à l'automne avait lieu, pendant deux jours, le grand rite du ferrage. Pour la circonstance, Vincent avait revêtu l'épais tablier de cuir et faisait de son mieux pour jouer le rôle pénible de l'aide-maréchal. François, quant à lui, était en train de parer le sabot qui reposait sur le genou de son cousin. Penché en avant, il enlevait le surplus de corne, à petits coups précis du marteau sur le rogne-pied. A côté d'eux, les fers rougissaient sur les braises de la forge portative.

— Sois un peu à ce que tu fais, bon sang ! Sinon tu vas te faire tailler les ongles ou couper un doigt...

Le parage terminé, Vincent reposa doucement le pied sur le sol et flatta d'une grande claque la croupe du cheval qui ne bronchait pas, habitué à ce qu'on s'affaire ainsi autour de lui.

— C'est bon. L'autre maintenant...

L'animal leva l'autre pied presque de lui-même, comme un client docile qui confie ses doigts à la manucure. A l'aide des grandes pinces, François saisit le fer rougi et l'appliqua sur la sole qui se mit à grésiller en dégageant une épaisse fumée blanche. Une odeur de poils et de corne grillés leur monta aux narines. Après avoir marqué l'empreinte du fer, François le laissa tomber dans le seau d'eau qui se mit à bouillonner en sifflant. Il posa les outils et s'étira longuement en se tenant les reins à deux mains.

— Ah nom de Dieu ! Et dire qu'il y en a encore sept à faire aujourd'hui...

Il se baissa pour ramasser une canette de bière et en proposa une à Vincent. Celui-ci refusa d'un signe de tête. Un sourire quelque peu sarcastique déforma la bouche de François, sans atteindre ses yeux.

— Tu sais, je t'ai entendu rentrer cette nuit. Ou plutôt ce matin... Et j'ai vu la voiture aussi. Elle est dans un bel état ! Tu es rentré en passant par les champs, ma parole !... Tu devrais faire attention, c'est quasiment une pièce de collection maintenant...

— Oui, je sais... Mais j'ai dû m'endormir au volant... Un moment d'inattention.

François prit le temps de boire une longue gorgée au goulot de sa bouteille, avant de poser à nouveau son regard inquisiteur sur le visage aux traits tirés qui semblait presque gris au-dessus du col de la chemise rouge.

— Tu me prends pour un imbécile, p'tit frère ?... Et tu t'es mis à boire, en plus... Ne me dis pas le contraire, je suis monté dans ta chambre pendant que tu ronflais comme un sonneur... Et puis le boulanger m'a raconté... Il était là-bas hier soir... Il dit que c'était pas beau à voir et qu'il a failli t'empêcher de prendre le volant. D'après lui, tu avais au moins trois grammes...

Vincent essayait de rester stoïque devant les sarcasmes. Il ne répondit rien et ne tenta même pas de se justifier. François poussa son avantage :

— Qu'est-ce qui t'arrive encore ?... Toujours cette enquête à la noix ?...

— Laisse, tu ne peux pas comprendre.

— « Tu peux pas comprendre, tu peux pas comprendre. » C'est tout ce que tu trouves à me dire depuis deux mois ! Évidemment que je ne peux pas comprendre, tu ne me racontes rien. Tu disparais sans prévenir, tu réapparais dans un état lamentable et tu repars aussitôt dans tes recherches mystérieuses et complètement farfelues... Je te l'ai déjà dit Vincent, on peut t'aider si tu nous le demandes... On ne veut pas te voir te détruire comme ça... On est là, Vincent, avec toi... Si je peux faire quelque chose, dis-le-moi.

François paraissait soudain malheureux. Il frottait machinalement sa bouteille de bière contre son torse, pendant que le cheval toujours à l'attache commençait à s'impatienter et à se demander si on allait le libérer bientôt. Vincent leva le bras et posa une main apaisante sur l'épaule de son cousin.

— Il n'y a rien que tu puisses faire pour m'aider.

— Mais si, bon sang ! je t'ai toujours aidé dans le temps. Tu te souviens ? Tu n'avais qu'à demander et j'accourais, pour tout, pour rien, pour n'importe quoi.

— Ce n'est plus la même chose, il ne s'agit pas de réparer un vélo ou de fabriquer un lance-pierres...

— Mais si tu es revenu ici, c'est bien pour ça, non ? Tu l'as dit toi-même...

— Peut-être, je n'en sais rien... Ta présence me suffit... pour le reste, non, tu ne peux rien... Tu as Julie, ta ferme, les chevaux... Pour moi c'est différent...

Vincent devenait songeur, les yeux dans le vague et caressant machinalement le front du cheval qui venait se frotter contre son épaule.

— Tu vois, je sais que c'est complètement ridicule et pourtant je me sens obligé de continuer... C'est un peu comme un rêve que le réveil est venu briser au meilleur moment. C'était tellement bon que tu aurais voulu que cela ne finisse jamais... Seulement, tu ne te souviens même plus de ce qu'il y avait dans ce rêve et pourtant tu passes des heures à tenter de le reconstruire... Tu as beau savoir que tu ne dors plus, que tu ne pourras jamais recréer cet instant magique, ça ne fait rien, tu t'acharnes, tu fermes les yeux et tu plonges au plus profond de ta mémoire en espérant y repêcher ce qui reste de ce moment de bonheur indescriptible... Mais c'est impossible, et le drame, c'est que tu en as conscience... Tu n'as jamais éprouvé cela ?...

— Peut-être, je ne me souviens plus...

Sans doute un peu ému par cette façon qu'avait soudain Vincent de se livrer, François but une nouvelle gorgée de bière, cherchant ce qu'il pourrait bien dire pour ramener son cousin à des préoccupations plus réalistes.

— Mais... enfin... je veux dire... Je n'ai pas l'impression que tu t'y prennes comme il faut... On dirait... Tu veux chercher, mais ne rien trouver, c'est ça ?...

— Je ne sais pas...

Vincent tourna le dos à François et commença à détacher le licol qui retenait le cheval à son anneau. Manifestement, il ne souhaitait pas poursuivre la conversation :

— Allez, ça suffit ! Au boulot maintenant ! Ces messieurs dames ont hâte d'essayer leurs nouvelles chaussures.

Ils se remirent au travail jusqu'au soir et François ne posa plus de questions. De temps à autre, simplement, il relevait la tête pour dévisager Vincent. Celui-ci faisait semblant de ne rien remarquer et continuait à pousser d'un coup d'épaule une jument capricieuse pour l'obliger à modifier ses appuis et à lui confier ce foutu postérieur.

— Tu vas le donner ce pied, imbécile ! Et arrête de bouger comme ça, sinon je vais t'en coller une qui te calmera pour un bon moment...

Vers huit heures, ils prirent leur repas en tête à tête ; Julie était partie pour deux jours chez sa mère, à Clermont. François s'était déguisé en cuisinier en nouant un grand tablier autour de sa taille, décrétant que, pour une fois, il allait pouvoir donner libre cours à ses talents culinaires. Il réalisa spécialement pour Vincent un plat qu'il nommait pompeusement « poulet à l'Africaine », et qui n'était en fait qu'un poulet cuit avec des tranches d'ananas et des bananes. Pour le faire enrager, Vincent le rebaptisa « géline sucrée à la Bourbonnaise, dans sa purée Jardin des Plantes ». Il expliqua que, en l'absence de piment, cette recette risquait de paraître bien fade aux habitants des lointaines forêts tropicales.

A cette évocation, une image douloureuse et sanglante surgit tout à coup, et Vincent se sentit pâlir. François le regarda en se demandant ce qui lui arrivait.

— Qu'est-ce que tu as ? Tu es tout pâle...

— Ce n'est rien, un coup de fatigue... Allez, à ta santé, et toutes mes félicitations pour ces talents jusque-là insoupçonnés.

Ils trinquèrent et finirent leurs assiettes en silence. François attendit le dessert pour revenir à la charge sur le sujet qui l'avait tracassé depuis le début de l'après-midi.

— J'ai réfléchi, Vincent. Tu me prends peut-être pour un rustre... Mais tu te trompes. Il m'arrive d'avoir du sentiment.

— Je n'ai jamais dit le contraire, François...

— Attends, laisse-moi continuer... Malgré les apparences, je suis capable de comprendre ce que tu ressens. Évidemment, je suis sans doute moins compliqué, ma vie est plus banale, d'ailleurs quelquefois, je crois que je t'envie un peu...

— Il n'y a vraiment pas de quoi !...

Vincent se demandait où François voulait en venir.

Celui-ci parlait sans oser le regarder en face, rassemblant d'une main ouverte des miettes de pain en un petit tas qu'il faisait aller et venir sur la nappe de coton blanc. Vincent ressentit comme une onde chaleureuse, un courant d'amitié qui cherchait à les relier, aussi fort que la complicité indestructible qui les avait unis autrefois. Il fallait le laisser poursuivre...

— ... Je sais que, pour moi, tout a l'air simple... Julie par exemple. Je l'ai rencontrée au mariage d'un copain. Quoi de plus simple et de plus banal ?... Personne n'imagine que je sois du genre à me poser des questions, on me prend pour le brave type sans problèmes, qui accepte la vie comme elle vient... Mais je suis comme ça parce que je l'ai décidé... Je sais combien il est facile de basculer de l'autre côté, il suffit de pas grand-chose... Je n'en ai pas l'air, mais j'ai connu ça moi aussi, juste après mon service militaire... Ça t'étonne, hein ?

— Mais non, pas du tout, François.

— ... Enfin bref, je te raconterai cette histoire une autre fois. Pour l'instant, c'est ton cas qui nous intéresse. A mon avis, tu n'aurais jamais dû revenir ici. Lorsqu'on a des ennuis, des blessures mal refermées, il ne faut pas essayer de revenir en arrière. Il vaut mieux changer d'air... Complètement. On ne repart jamais à zéro dans un coin où on a entassé un tombereau de souvenirs.

— Je te rappelle que j'avais déjà essayé une fois. Pour ce que cela m'a réussi !

— Ouais... Et de toute façon, le mal est fait. Mais c'est la première chose qui m'est venue à l'esprit quand j'ai appris que tu étais à l'auberge. Après, j'ai essayé de me persuader que chez nous tout irait bien, que tu reprendrais le dessus... Franchement, je ne crois pas que cela soit le cas...

Vincent voulut se défendre, se justifier, tout en sachant que son cousin avait raison :

— Ce n'est pas aussi grave que tu as l'air de le croire, ça va s'arranger...

François haussa les épaules et secoua la tête.

— Non. Cela ne fera qu'empirer. Depuis trois mois maintenant, tu te traînes, le nez plongé dans ces vieilles paperasses qui jonchent ta chambre. Tu te fais ton cinéma, tout seul dans ton coin... Tu ne cherches même pas à retrouver cette fille, et d'ailleurs tu ne sais même plus à quoi elle ressemble... Imagine qu'elle ait pris vingt kilos et qu'elle ne parle plus que de son coiffeur, de son régime miracle et du tissu à pois qui irait tellement bien avec la couleur des rideaux !... Tu imagines ?...

Vincent ne voulait pas imaginer. Hélène n'avait pas pu changer ainsi. Elle avait onze ans, une jupe rouge et des socquettes blanches... Mais Vincent ne dit rien, il ne se rebella pas contre cette description qui lui faisait mal. François avait raison, il ne cherchait rien, sinon lui-même, en croyant qu'il pourrait trouver refuge dans un beau souvenir d'enfance, le serrer contre lui pour se protéger d'un monde qui l'avait déjà meurtri, le tourner et le retourner dans sa tête comme un bébé qui se berce en suçant son pouce pour s'endormir...

Maintenant qu'il était lancé, François poursuivait, assenant les coups avec régularité et méthode, bien décidé à exprimer tout ce qu'il avait sur le cœur, tout ce qu'il n'avait jamais osé dire à Vincent jusqu'à ce jour.

— Je te fais du mal, hein p'tit frère ?... Mais c'est

pour ton bien. J'en connais qui se sont fait enfermer pour moins que ça... En courant après des chimères moins dangereuses... Tu ne peux pas croire que tu vas la retrouver comme tu l'as quittée, et que tout peut recommencer. Elle ne t'appartient pas, elle n'a pas cessé de vivre lorsque tu es parti. Mets-toi bien ça dans le crâne bon sang !... Et tout cet argent que tu m'as donné ? Tu crois peut-être que c'est bon signe ? On dirait que tu te moques de tout, que tu as perdu toute notion de la réalité. Tu t'accroches à cette histoire comme à une bouée de sauvetage dont dépendrait ta vie...

— D'accord... Que me conseilles-tu ?... Je n'ai plus qu'à me suicider...

— Tu as très bien compris. Tu le savais avant que je ne le dise mais tu ne voulais pas te l'avouer. Alors écoute-moi : Tu vas aller jusqu'au bout de cette histoire, tu sauras pourquoi cette maison est vide, pourquoi ils ont pris la fuite, ce qu'est devenue cette gamine...

— Je préférerais que tu l'appelles Hélène...

— Comme tu veux... Tu sauras tout, et je vais t'aider à le découvrir. Mais nous allons faire ça à ma manière, fini le bricolage et les maladresses !... On fera les mairies, les notaires, les gendarmeries s'il le faut, et on finira bien par trouver quelque chose. Dès demain, nous retournerons dans cette maison. Il faut que je la voie, je suis sûr que tu t'y es mal pris...

Vincent parut réfléchir quelques instants, le regard absent, tandis qu'il jouait machinalement avec une petite cuillère qu'il faisait rebondir sur la table. François le surveillait, attendant sa réponse et espérant ne pas être allé trop loin.

— J'accepte votre proposition, docteur. Si vous pensez que c'est la seule façon de me guérir, je prendrai les pilules que vous m'avez prescrites... Combien vous dois-je pour la consultation ?

François parut légèrement rassuré et laissa échapper le souffle qu'il retenait depuis quinze secondes.

— Assez discuté. Demain, nous y verrons plus clair. En attendant, offrons-nous un peu de divertissement, un peu de culture, et de la meilleure !

Il alluma le vieux poste de télévision en noir et blanc que lui avaient donné ses parents et s'assit dans un fauteuil, approchant un tabouret pour y allonger ses jambes. L'antenne rudimentaire qu'il avait bricolée dans le grenier n'assurait pas une bonne réception ; sur l'écran parcouru de zébrures blanches apparut un chanteur à la voix de guimauve qui susurrait des couplets insipides au milieu d'une rangée de danseuses au rabais dont les bras nus, agités en rythme, avaient l'air de mimer un va-et-vient d'essuie-glace.

Ils plaisantèrent quelques minutes, déplorant la nullité des programmes, puis Vincent déclara qu'il avait bien besoin de repos et qu'il préférait monter se coucher. Il s'était déjà engagé dans l'escalier lorsque François l'interpella :

— Eh, p'tit frère !... Il ne faut pas m'en vouloir pour tout ce que je t'ai dit... Et puis ces paperasses, là-haut... J'espère que bientôt tu vas en faire un feu de joie !...

Un feu de joie...

Dans la chambre, les papiers, les lettres, les cahiers et les magazines s'étalaient toujours sur le plancher et, en pensant à Julie, Vincent eut honte du désordre dans lequel il avait laissé la pièce. Julie ne lui ferait aucun reproche, il le savait. Mais tout de même. C'était déjà suffisant de l'accepter et de le supporter, sans qu'il transforme les lieux en porcherie. Demain, il ferait un grand nettoyage...

Demain, toujours demain !... Depuis qu'il était arrivé ici, il ne cessait d'espérer un lendemain miraculeux qui balaierait les doutes et apporterait les solutions. Il n'y aurait pas de miracle, pas plus demain qu'après-demain...

Vincent prit un carton dans le placard et commença à y entasser les reliques qui, finalement, en dehors d'un agréable voyage dans le passé, n'avaient servi qu'à rouvrir de vieilles cicatrices et à le lancer tête baissée dans une quête qui ne pourrait jamais aboutir. François avait raison ; sans s'en rendre compte, il était en train de se détruire. Il y avait suffisamment de gâchis derrière lui, ce n'était pas la peine d'en rajouter...

Et pourtant ! Il se souvenait encore du plaisir presque morbide qu'il avait éprouvé hier soir, à genoux au milieu du champ près de la voiture embourbée... D'où venait cette espèce de délectation qu'il avait ressentie en se traînant lamentablement sur la terre boueuse ?... Quelqu'un était-il capable de comprendre pourquoi il agissait ainsi ?... Lui-même n'y comprenait pas grand-chose, mais il se dit qu'il était plus que temps de faire machine arrière, de repartir vers la pleine mer avant que le bateau ne s'échoue sur les bancs de sable traîtreusement dissimulés devant l'entrée du port... Il ne fallait pas continuer dans cette voie dangereuse. Comme le disait si bien François, d'autres avant lui s'étaient retrouvés dans une chambre capitonnée en suivant des rêves plus inoffensifs.

Il irait rendre visite à Mathilde, la dernière de la liste,

et puis, lorsqu'il serait sûr d'avoir épuisé toutes les pistes, il refermerait le dossier après y avoir apposé le cachet réglementaire : « affaire classée ».

Sa décision était prise, mais Vincent ne put s'empêcher de mettre de côté deux des photographies de la boîte en carton : celle où l'on voyait Hélène, âgée de cinq ou six ans, assise sur un des fauteuils du salon de jardin, et le cliché des deux bambins jouant dans le sable en barboteuse. Il conserva également un des petits carnets noirs, ceux où Auguste le méticuleux avait pour habitude de noter toutes ses dépenses. Il l'ouvrit encore une fois, la dernière, se promit-il. C'était tellement bon, tellement réconfortant d'oublier le présent et de se transporter dans un monde révolu où des métayers en sabots soulevaient respectueusement leurs chapeaux quand passait le cabriolet du maître, tiré par deux juments alezanes à la robe luisante, qui frappaient le sol en cadence en montant la côte de Sancoins.

Payé à Minard deux saillies de truies à quatre francs cinquante, soit neuf francs... Foire de Lurcy, deux déjeuners Jules et moi, plus dépenses, soit huit francs... Livré à la gendarmerie, le vingt-huit avril, deux cents kilos de foin et cent quarante kilos d'avoine... Je redois à Chaput domestique, au onze novembre, trois cents francs que je garde jusqu'à Noël à trois pour cent d'intérêt... Produits du taureau du duc de Rivière : Fromentin, Feuillot, Ramé, Pompon, Frisé, Laurier, Choisi, Joli...

Vincent aurait aimé vivre à cette époque lointaine. Il aurait accompagné Auguste et Joseph à la foire de Lurcy, il aurait partagé leurs parties de chasse et galopé avec eux à la poursuite des grands cerfs de Tronçais, il aurait dansé la valse avec des jeunes filles rougissantes en robe à crinoline... Quoi que non... Au début du siècle, il serait sans doute né dans la pauvre demeure d'un ouvrier des fonderies ou d'une domestique louée à l'année, son père aurait fait du syndicalisme et sa mère se serait usée sur la margelle des lavoirs...

Il y avait une certaine inconvenance, une sorte d'impudeur à ne pouvoir accepter la vie telle qu'elle s'offrait à lui. Plus tôt ou plus tard, quelle différence ?... Ce n'était pas l'époque qui était responsable, il était seul en cause.

Assis en tailleur sur le parquet à travers lequel montaient les échos d'un dialogue de feuilleton américain mal doublé, Vincent se demanda quelle fatalité ou quelle hérédité maladive avaient fait de lui cet éternel insatisfait, ce mélancolique chronique qui semblait traverser l'existence sans jamais trouver sa place, ce spectateur perpétuel regardant tourner un manège qui, obstinément, refusait de s'arrêter pour le laisser monter à bord...

Quoi qu'il en dise, François ne se posait pas autant de questions. Il était là, juste en dessous, confortablement installé dans son fauteuil, et la vie s'écoulait, facile, tellement facile...

Vincent soupira et se remit à la tâche. Au fur et à mesure qu'il les prenait, et avant de les laisser tomber dans le grand carton d'emballage ayant contenu à l'origine un aspirateur, Vincent feuilletait machinalement les magazines et les catalogues ramenés de la maison vide. Dans cette chambre lambrissée, sous les poutres du toit de la ferme, il avait l'impression de se retrouver dans le grenier de sa grand-mère lorsque, enfant, il passait ses jeudis pluvieux à parcourir les épais recueils de vente par correspondance, tournant les pages abondamment et naïvement illustrées. Il se revoyait en train de découper les mannequins, les carabines et les jouets dessinés dans un catalogue semblable à celui qu'il avait maintenant sous les yeux : le *Manufrance* mille neuf cent cinquante-quatre. Il retrouvait en souriant les gravures désuètes où des messieurs gominés nouaient la ceinture d'un pyjama « en belle flanelle coton grattée intérieurement, dite Tennis », posaient en « caleçon court en belle toile d'avion, souple et résistante », ou chevauchaient en costume de ville « les bicyclettes populaires Hirondelle, la marque des véritables connaisseurs ».

Une des illustrations retint particulièrement son attention : on y voyait un colon coiffé d'un casque de liège et vêtu d'une saharienne, qui posait fièrement devant un gnou abattu à l'aide du célèbre « fusil Buffalo à répétition, une arme robuste et d'un fonctionnement sûr, qui donne entière satisfaction dans les conditions de tir les plus difficiles. Idéal pour les colonies et les territoires d'outre-mer ». Pour parfaire le tableau, le dessinateur avait rajouté quelques indigènes à demi nus, groupés près du tronc énorme d'un fromager, et souriant en exhibant une dentition particulièrement saine et d'un blanc éclatant.

A Sassoufro, tout le monde nomme le dernier samedi du mois le « Jour des Planteurs ». Ils ont touché leur paye, ils quittent la brousse et débarquent en ville avec la ferme intention de se donner du bon temps, à tout prix et par tous les moyens. Aujourd'hui, les prostituées ont revêtu leurs boubous les plus voyants et ont passé des heures à tresser des dizaines de petites nattes dans leur chevelure décrêpée. Il y aura du travail pour tout le monde, de la viande saoule et des bagarres.

La plupart de ces hommes viennent des plantations de cacao, de café ou de bananes que l'on trouve un peu plus au nord, vers Diamé et Lambassa. D'autres arrivent de la forêt tropicale, perpétuellement moite et insalubre, où ils abattent à longueur de journée les hauts okoumés qui deviendront, de l'autre côté de l'Océan, des planches de contre-plaqué.

Ce ne sont pas les patrons des exploitations qui descendent des Land Rover rougies par la latérite des mauvaises pistes, ce sont les contremaîtres, les mécaniciens, les « petits Blancs » qui sont venus ici avec l'espoir d'amasser rapidement un pécule qui leur permettra d'ouvrir un café-tabac ou un magasin de souvenirs sur la place de leur village natal. Vincent ne leur jette pas la pierre, il a succombé au même mirage, au même espoir d'une terre promise et d'une vie plus facile.

Embrasse-moi Maria, où est Francisca ?
Embrasse-moi le museau, où est Jojo ?
où est mon type...

Le très en vogue Cha-Cha Bédéramos, de l'orchestre Élégance Jazz, s'élève du juke-box vétuste et mal réglé. Le son aigre des guitares électriques à bon marché vrille un peu les oreilles des consommateurs, mais l'ensemble dégage une impression de joie et de bonne humeur communicative.

— Tu bois quelque chose avec nous, fiston ?

Ils sont trois devant le bar, en pantalons de toile approximativement repassés et chemisettes fleuries que la sueur du voyage colle à leurs dos massifs. Pour bien commencer la fête, ils ont fait aligner sur le comptoir autant de bouteilles de bière qu'il peut en contenir, et s'apprêtent à les vider une à une. Ensuite ils iront dîner et finiront la nuit dans les boîtes des bas quartiers où les entraîneuses souriantes se chargeront de faire une ponction sévère dans la liasse de billets qui gonfle leur poche-revolver.

— Tu bois avec nous ? Profites-en, c'est le grand Paul qui régale.

Vincent ne refuse pas l'invitation. Il aime bien ces derniers aventuriers des temps modernes qui ramènent avec eux les odeurs de la brousse, le son des tam-tams et les cris des bêtes sauvages. Il est allé déjà dans le Nord, visiter des plantations ou des chantiers en forêt. Mais ce n'était pas la même chose ; il avait un guide qui tuait à grandes claques les mouches dangereuses, qui ouvrait la piste pour éviter qu'il ne marche sur une vipère à cornes, et qui, une fois, lui a montré, à travers le feuillage des arbres touffus, la silhouette grise et massive d'un éléphant qui s'éloignait.

Il aime bien ces hommes, mais il ne les envie pas. Il ne pourrait pas vivre comme eux, loin de tout, avec pour seule compagnie un poste de radio, des bouteilles d'alcool et quelques revues pornographiques. Cinquante ans plus tôt, peut-être, à l'époque où tout restait à découvrir...

Le grand Paul et ses compagnons sont déjà bien éméchés. L'un d'eux glisse le long du bar et s'étale sur le carrelage gras, sous les rires de l'assistance.

C'est l'heure de l'apéritif, toutes les tables du Royalty sont occupées. Des fonctionnaires africains costumés d'alpaga bleu pétrole côtoient des marins américains qui parlent fort, des commerçants libanais et des couples de bourgeois autochtones qui sirotent des boissons glacées aux couleurs indéfinissables.

Vincent savoure la bière fraîche, qui fait oublier momentanément que le bar n'est pas climatisé et que les pales du ventilateur brassent un air chargé d'humidité à quatre-vingt-dix pour cent. Il propose d'offrir quelque chose à son tour, mais le broussard décline la proposition, d'un geste royal et circulaire qui englobe la rangée interminable de petites bouteilles vertes posées sur le bar.

— Quand on aura éclusé celles-là... On verra ce qu'on peut faire...

Les deux autres rient à s'en casser les côtes.

A l'autre bout du comptoir, trois femmes, assises sur des tabourets, surveillent le groupe comme des lionnes évaluent la résistance des proies futures. Elles sont outrageusement maquillées et croisent et décroisent leurs jambes gainées de pantalons moulants aux couleurs vives. Bizarrement, ces jeunes courtisanes vont presque toujours par trois ; il est très rare d'en rencontrer une qui chasse en solitaire. Elles ont quinze ou seize ans et fument de longues cigarettes mentholées en prenant des poses de starlettes hollywoodiennes. Elles ont tout leur temps ; si ceux-là ne font pas l'affaire, d'autres viendront d'ici l'aube.

— C'est quoi ton business ?... Attends, ne me dis rien, t'as une tête à bosser à l'aréoport. Mon frangin est steward. Il te ressemble. Pas vrai René ?...

René n'a pas entendu la question. Il vient de décider qu'il a assez bu et qu'il est temps de passer à l'action pour rassasier les appétits qui l'ont poussé à quitter sa moustiquaire. Depuis quelques instants, il marmonne tout seul des phrases sans suite d'où il ressort qu'il en a assez des femmes qui font « boutique leur cul », qu'il en veut une vraie, même si elle est noire. Il s'approche d'une table occupée par de jeunes Africains, où est assise une grande femme foulbé, coiffée d'un foulard jaune noué en turban. Il se campe devant elle, jambes écartées, essayant tant bien que mal de conserver un équilibre que l'alcool a rendu précaire.

— Dis donc toi... Oui toi, ça te dirait de faire la tournée des grands-ducs avec moi ?

La femme ne répond pas. Ses grands yeux de biche cernés de khôl se tournent apeurés vers ses compagnons. Elle ne doit pas savoir qui sont ces Grands Ducs dont parle l'ivrogne blanc, mais de toute façon, il se trompe, elle n'est pas une toutou, il n'a donc pas vu celles qui attendent, perchées sur les grands tabourets près de la caisse enregistreuse ?

René pivote de quarante-cinq degrés en titubant légèrement. Il plisse les yeux et apostrophe les autres consommateurs assis autour de la table. Il ne s'adresse à personne en particulier :

— Qu'est-ce qu'elle a la mousso, elle a perdu sa langue ?... J'ai plein de pognon et j'ai envie de m'amuser... Elle a pas envie de rigoler avec moi ?

Les amis de la femme au visage aristocratique ont décidé de ne pas répondre. On lit dans leurs yeux plus de pitié et de mépris que de colère. Vincent a reposé sa bouteille. Il est crispé, tendu, devant cet affrontement muet. Toutes les têtes se sont tournées vers la scène. Les amis de René rient de plus belle.

— Insiste pas René, tu vois bien qu'elle veut pas de toi la négresse !... Allez viens, on en trouvera des moins farouches vers le port.

Il n'y aura pas de bagarre cette fois-ci. Ce sera peut-être pour plus tard, pour rien, pour une bousculade involontaire, un mot de trop ou un regard mal interprété. Les broussards ont de la chance, finalement ; leur soirée de liesse aurait pu se terminer rapidement dans les cellules du poste de police, mais la femme et ceux qui l'accompagnent préfèrent quitter l'endroit. Ils se lèvent et traversent la salle de cette démarche souple et facile qui n'appartient qu'aux gens de leur race. René les suit en boitillant, il a l'air minable. Lorsqu'ils ont disparu, il se retourne vers l'assistance en clignant de l'œil.

— Elle sait pas ce qu'elle perd, cette salope.

Vincent éprouve une honte immense. Il s'éclipse discrètement à son tour. Sur le trottoir illuminé, il distingue le groupe qui marche devant lui. Il voudrait les rattraper, leur présenter des excuses, leur expliquer que ses compatriotes ne sont pas tous comme ceux-là... Mais au fond de lui-même, il n'en est plus très sûr.

Il ralentit, se retourne et repart en sens inverse. Ce soir, il ira au Roxy. On y joue deux films à la suite, un Maciste et un western. Il expiera pour les autres en se mêlant à la foule moite et odorante, tassé au milieu des corps noirs tendus vers l'écran de béton peint où s'agite une mythologie d'un autre continent. Comme tous les spectateurs, il grignotera des cacahuètes déjà décortiquées, enveloppées dans une feuille de journal, et hurlera chaque fois qu'un « mauvais » essaiera de surprendre le héros par traîtrise.

X

— Alors c'est ça, la Rouvraie ?...

François avait l'air un peu déçu. Qu'est-ce qu'il s'était imaginé ? Un château avec des donjons et un pont-levis ?... Il jetait un regard circulaire sur l'ensemble, évaluant le degré d'abandon du domaine, essayait de pousser l'un des battants de la grille, à l'assaut duquel semblaient monter les tentacules verts d'un liseron anarchique, effleurait de la main le panonceau criblé de plomb où le nom était à peine visible, et finalement se tournait vers Vincent en souriant :

— On devrait plutôt l'appeler « la Rouilleraie », tu ne crois pas ?

Vincent haussa les épaules sans répondre et se dirigea droit vers le perron, sans un regard autour de lui, comme s'il avait voulu prouver que la désolation émanant de ces lieux avait cessé de l'impressionner depuis longtemps.

— La porte n'a même pas été forcée, remarqua François.

Effectivement, Vincent s'en rendait compte seulement maintenant, il n'y avait aucune marque d'effraction autour de la serrure. C'était à croire que Gilbert et les siens n'avaient jamais envisagé un retour possible à la Rouvraie. A quoi bon fermer à clé lorsqu'on sait qu'on ne reviendra plus...

— Bon Dieu, ça pue ici !...

Comme le constatait Vincent, François portait sur la maison abandonnée un tout autre regard que le sien quelques semaines auparavant. Plus curieux que troublé, il fouinait dans tous les recoins, comme un gosse plonge avec délice dans un coffre plein de vieux jouets. C'était à se demander s'il se souvenait encore du véritable motif de cette visite.

— Tu es sûr d'avoir bien regardé partout ?... Dans le pavillon des domestiques, dans le grenier ?... Je n'ai jamais vu un foutoir pareil !... Ils devaient être drôlement pressés de déguerpir... Tu es descendu à la cave ?...

Sans attendre de réponse, François se faufilait dans l'étroit escalier et allumait son briquet, le tenant devant lui pour examiner les casiers de bouteilles vides et les rangées de bocaux de toutes sortes qui contenaient encore des confitures ou des conserves de fruits et de légumes du jardin.

— Rien en bas...

Vincent le suivait dans les différentes pièces, le regardant faire sans prendre part aux recherches. Il avait déjà tout examiné, tout retourné, François ne trouverait rien de plus.

— Tu as vu ça ?... Un haut-de-forme en parfait état... Et la queue-de-pie qui va avec... On ne se refusait rien chez Crespin-Delaunay !... Je comprends que tes clodos n'aient quand même pas osé sortir dans cette tenue... Regarde-moi ce truc-là !...

Il tenait devant lui un vieux corset rose à baleines, le

plaquant sur ses hanches comme l'aurait fait un musulman achetant des sous-vêtements pour son épouse cloîtrée.

Vincent eut un soupir légèrement agacé.

— Tu avais dit « nous allons faire ça à ma manière »... Pour l'instant j'ai l'impression de voir un grand gamin dans un magasin de déguisements...

— Bah !... Si on ne peut plus s'amuser... C'est peut-être comme cela que nous découvrirons quelque chose.

— J'ai déjà fouillé partout. Tu ne trouveras rien de nouveau... Dans ce coffre, ce sont des napperons au crochet et de la tapisserie, dans le petit meuble près du piano, des livres sans valeur, dans l'armoire à gauche, des chemises de nuit... Tu peux les essayer aussi, tant que tu y es...

— C'est bon, j'ai compris p'tit frère.

François redevint sérieux et immédiatement pratique et efficace :

— Voilà comment je vois la situation : ils ont fui pour une raison que nous ignorons encore, mais s'il y avait quelque chose de compromettant dans cette maison, ils ne l'ont certainement pas laissé derrière eux. Pour en être certain, il faudrait démonter tous les meubles, sonder les murs, défoncer le parc... Je ne crois pas que le jeu en vaille la chandelle. Par contre, il fallait vraiment que cela soit grave pour qu'ils s'éclipsent aussi précipitamment...

— Tu parles de fuite... Tu ne penses pas que...

— Que quoi ?... Qu'ils ont été tués ?... Et enterrés au fond du jardin peut-être ?...

— Non, mais...

— Quoi ?... Enlevés ? Mais par qui ? S'ils étaient retenus en otage par le Front de libération du Liechtenstein, je pense qu'on le saurait !... Non, ils ont fait leurs valises très vite...

— Ne dis pas toujours « ils », je suis persuadé qu'Hélène n'a rien à voir là-dedans.

— Qu'en sais-tu ?

— Je le sais, c'est tout.

— En tout cas, j'ai l'impression que tu n'es pas près de la revoir. Ils... enfin, cela ne ressemble pas du tout à un départ en vacances ou quelque chose dans ce genre. Et tu dis que personne ne sait quoi que ce soit ? Même le vieux Léo ?

Vincent rougit à l'évocation de cette conversation avec le vieil homme, qui s'était plutôt mal terminée.

— Il m'a parlé d'une histoire de bétail, mais j'avoue qu'à ce moment-là je n'étais déjà plus très lucide.

— Je vois mal Gilbert Crespin-Delaunay en voleur de bétail. Nous ne sommes pas au Far West !

— Non, pas du vol de bétail, un trafic de produits chimiques, un truc pour les veaux, je crois.

François eut l'air soudain intéressé :

— Qu'est-ce qu'il t'a dit exactement ?

— Oh, je ne sais plus. Je ne comprenais rien à son charabia. Quelque chose en rapport avec l'élevage, la viande... François leva les yeux au ciel et se frappa le front du plat de la main.

— Attends... J'ai entendu parler d'une histoire dans ce genre. Cela remonte à cinq ou six ans. Une grosse arnaque sur la viande de boucherie... Mon père doit en savoir un peu plus... Un joli scandale, autant que je m'en souvienne ! On va lui demander.

Ils visitèrent encore la cuisine, le grenier et le hangar, pour la forme, mais sans attendre de découverte extraordinaire. Avant de quitter la Rouvraie, François fit une dernière remarque frappée au coin du bon sens :

— Quoi qu'il en soit, ils ne sont pas en prison. Même si Gilbert a trempé de près ou de loin dans cette affaire, on n'aurait pas arrêté toute la famille.

— Ne cherche plus, je l'ai trouvé.

Les piles de journaux s'entassaient sur deux tables de la salle de restaurant. Georges et François se partageaient le travail et compulsaient méthodiquement les quotidiens des six dernières années. Comme n'avait pas manqué de le faire remarquer la tante Marie :

— Vous voyez que cela peut servir de tout garder. Vous vous êtes assez moqués de moi pourtant...

Cette fois encore, Vincent ne participait pas vraiment aux recherches. Il avait l'impression que cette enquête n'était plus la sienne. Il ne partageait nullement l'excitation fébrile de François et se contentait de tourner des pages au hasard, s'arrêtant sur des titres et des articles qui n'avaient rien à voir avec la disparition des Crespin-Delaunay.

Peu lui importait de savoir dans quelle escroquerie avait trempé Gilbert. Tout cela n'était que broutilles. Vincent ne comprenait qu'une chose et cela lui faisait peur : la quête allait se terminer là, d'une manière pragmatique et banale. François prétendait qu'une fois connues les raisons qui expliquaient cette maison désertée, Vincent se sentirait libéré, disponible. Mais disponible pour quoi, grands dieux ?...

— Écoute un peu ça, Vincent. Je crois qu'on se rapproche.

François avait déployé sur la table un exemplaire de *La Montagne* dont il se mit à lire un article de la page régionale.

— « De notre correspondant, etc., etc. La brigade de répression des fraudes, aidée dans ses recherches... » Bon, ça c'est le baratin habituel... Attends... Voilà : « ... ont partiellement démantelé un important réseau d'engraissement frauduleux de bœufs charolais... consistait à injecter aux bovidés des substances anabolisantes particulièrement efficaces, permettant une augmentation pondérale jusqu'à deux fois et demie supérieure à celle obtenue dans des conditions normales d'élevage et d'embouche... Les services de police ont procédé à l'interpellation de plusieurs éleveurs, engraisseurs et bouchers des trois départements concernés... Les recherches et les confrontations ont permis de mettre en évidence le rôle primordial qu'aurait joué un laboratoire suisse de produits pharmaceutiques dans cette affaire. En dépit de la discrétion légitime dont font preuve les responsables de cette enquête, il semble que l'identité de celui qui pourrait être le "cerveau" de cette opération soit déjà connue et qu'un mandat international ait été lancé contre lui. Il s'agirait de M. Roland Schwartz, citoyen helvétique domicilié en France et délégué général pour notre pays des laboratoires Promédic. On s'attend, dans les heures qui viennent, à d'autres interpellations, etc. » Alors, qu'en dis-tu ?

— Cet article ne parle pas de Gilbert Crespin-Delaunay.

— Non, mais ça pourrait expliquer bien des choses. Ton bonhomme aura sans doute pris la fuite avant qu'il ne soit trop tard. C'est ce que nous avons de plus plausible pour le moment... Et toi, papa, tu t'en souviens maintenant ? Depuis quelques instants, l'oncle Georges avait l'air songeur. Il tournait autour des tables en se grattant le sommet du crâne. Il interrompit momentanément le cours de ses réflexions :

— Si je m'en souviens ! Pendant six mois, il fallait presque coller un certificat sur le bord de l'assiette pour que les clients acceptent de toucher à leur beefsteack !... Mais il y a quelque chose qui me tracasse. Quel nom as-tu dit ?

— Le nom ?

— Celui de l'article...

— Roland Schwartz ?

— Oui. J'y suis. C'est le nom de l'homme que les chasseurs avaient retrouvé dans le secteur de Bougimont.

— Le cadavre !...

— Exactement. Ils en ont parlé au poste, il y a peut-être trois mois. Ce sont les gars de Saint-Bonnet qui l'ont retrouvé, au fond d'une mare... Deux ans ! Il leur a fallu deux ans pour l'identifier, tellement le corps était abîmé...

— T'entends ça, Vincent ?

Vincent entendait, mais il ne voulait plus écouter.

Il était revenu ici sans raison, croyait-il, ou peut-être poussé par un instinct archaïque, semblable à celui qui ramène un animal blessé vers des parages familiers. Et puis il avait ouvert malgré lui la boîte aux souvenirs, il avait choisi dans la pile le plus beau et le plus pur... Tout cela pour déboucher sur un fait divers sordide, un règlement de comptes crapuleux. Hélène n'avait rien à voir avec ces péripéties obscènes aux relents frelatés. Ce corps découvert dans les bois de Tronçais appartenait à un autre monde, celui de la cupidité, du profit et de la violence, du crime et des bassesses de la condition humaine. Vincent n'était pas revenu sur les rives de l'Aumance pour retrouver ce monde-là...

Georges et François ne faisaient plus attention à lui. Ils poursuivaient leur conversation animée, échangeant des points de vue, des hypothèses, des souvenirs qu'ils confrontaient aux éléments recueillis dans le journal.

— Richebourg, le maquignon de Valigny, tu vois de qui je veux parler ? Et bien, lui aussi il était sur la liste.

— Ça ne m'étonne qu'à moitié, je n'ai jamais eu confiance dans ce bonhomme...

— A l'époque, le vétérinaire m'avait dit que ce scandale éclabousserait pas mal de monde, et pas toujours ceux auxquels on aurait pensé...

... Vincent n'écoutait plus, mais, malgré ses efforts, il ne réussissait pas à faire revenir devant ses yeux l'image d'Hélène, l'image de la petite fille souriante derrière le rideau flou de ses cheveux blonds, la fiancée de septembre assise sur le parapet du pont de l'Aumance. A sa place, il voyait un corps étendu au bord d'un chemin de terre ocre, un homme martyrisé baignant dans une flaque de sang rouge tranchant sur le vert cru d'un feuillage luxuriant. Il entend des cris et des coups sourds, mais il ne peut rien faire. Il se détourne pour ne plus voir, ne plus entendre...

— Ça ne va pas, mon petit ?

La voix de la tante Marie et sa main qui se posait doucement sur son bras le ramenèrent dans la salle à manger de l'Auberge du Pont. Georges et François parlaient toujours, et la tante Marie scrutait son visage et ses yeux avec une sollicitude quasi maternelle. Tout doucement, comme si elle souhaitait que lui seul puisse entendre, elle murmura soudain :

— Cette histoire dont ils parlent, il n'y a que cinq ou six ans que c'est arrivé...

Vincent se tourna vers elle sans comprendre.

— Oui, et alors ?

— Et bien, la... Enfin, ton amie avait peut-être déjà quitté Couleuvre depuis longtemps... Dame ! A trente ans passés, il est rare que les filles continuent à vivre chez leurs parents !...

Le veilleur de nuit du Royal Safari est un vieux Badanga ridé et rabougri, comme une mangue restée trop longtemps au soleil. Pour le touriste ignorant, sa silhouette a quelque chose d'anachronique devant ce palace ultramoderne. Certains pensent que cela fait partie du folklore, du côté « couleur locale » que la direction souhaite offrir à ses clients. Mais, en fait, sa présence remplace avantageusement tous les systèmes d'alarme et de surveillance, même les plus sophistiqués. Tous les bâtiments, toutes les villas de Sassoufro emploient d'identiques sentinelles nocturnes, ces petits guerriers secs et noueux qui s'accroupissent sur leurs nattes de palme au soleil couchant, après avoir disposé autour d'eux l'arc et ses flèches empoisonnées, le casse-tête recourbé et le poignard dans sa gaine de cuir d'antilope. Ils resteront là toute la nuit, immobiles, au point que l'on pourrait les croire endormis, et pourtant à l'affût du moindre bruit insolite ou du rôdeur furtif qui n'a rien à faire dans les parages. Ils ne diront pas un mot, et souvent le noctambule sursautera lorsqu'il passera près d'eux, ne les apercevant qu'au dernier moment.

Antoine sait tout cela et n'a pas envie de se faire

prendre pour cible par le gardien de l'hôtel qu'on dit particulièrement adroit. Il s'approche du vieux et lui chuchote quelques mots avant de s'élancer à nouveau vers l'arrière des bâtiments où se trouvent les bungalows du personnel de direction. Dans la nuit noire, on ne voit que sa chemise blanche qui a l'air de voleter comme un spectre entre les massifs touffus des plantes d'agrément. Il hésite un instant et finalement gratte à l'une des portes, en jetant des regards craintifs derrière et autour de lui. Vincent apparaît sur le seuil en bâillant.

— Antoine ? Mais que fais-tu là ?... Quelle heure est-il ?

— Monsieur Vincent, tu vas être fâché, mais je n'ai vraiment plus le choix...

— Ne reste pas planté devant la porte, entre... Que se passe-t-il encore ?

Antoine se glisse dans la pièce fraîche où ronronne le climatiseur. Il baisse la tête et marque un temps avant de répondre. Vincent n'est pas encore tout à fait réveillé, il n'a pas encore réalisé que la présence du boy à cette heure de la nuit ne peut signifier qu'un événement grave.

— Tu vas être fâché contre moi, patron...

— Dis-moi plutôt ce qui se passe.

Vincent remarque qu'Antoine grelotte comme s'il avait froid. Il sait bien pourtant que ce n'est pas le cas. A ce moment seulement, il commence à craindre le pire.

— Les types là-bas me recherchent, monsieur Vincent. Cette fois, je dois fuir, je ne peux même plus rentrer chez moi.

— Comment ?

— Je suis arrivé, comme d'habitude et je les ai vus qui m'attendaient. Le petit de ma sœur est venu à ma rencontre. Il dit qu'ils ont ramassé plein de monde... Je crois qu'ils se doutaient de quelque chose. A moins qu'un de nos frères n'ait commis la haute trahison !...

Antoine parle avec précipitation, en avalant la moitié des mots, et Vincent a du mal à le comprendre.

— Mais pourquoi ?... Qu'aviez-vous comploté ? Je t'avais dit de te tenir à l'écart de ce soi-disant « Parti populaire »... Qu'avez-vous fait, espèces d'irresponsables ?

Antoine fait signe à Vincent de parler moins fort. Ses yeux ne quittent pas le battant de la porte, comme s'il s'attendait à tout instant à le voir voler en éclats sous les coups de botte des sbires lancés à sa poursuite. Il ne dit rien, mais ce mutisme est en soi une réponse. Vincent ne devine que trop bien. La petite bande d'opposants gavés de lectures progressistes et de mots d'ordre mal digérés a dû encore faire des siennes. Il les imagine en train de s'exciter les uns les autres, de se monter la tête au cours de l'une de ces réunions clandestines dont il a vainement essayé d'éloigner son ami africain. Cette fois-ci, il ne pourra sans doute rien faire pour protéger Antoine. Il espère qu'ils ne sont pas allés trop loin.

— Je dois m'enfuir. Il n'y a pas d'autre solution et j'ai vraiment besoin de ton aide, monsieur Vincent. Si tu peux me cacher, peut-être je pourrai rejoindre mon village... Ils ne viendront pas me chercher là-bas.

— Dis-moi d'abord ce qu'on te reproche. Dis-le-moi que je sache ce qu'il convient de faire.

— Là, tu vas être vraiment fâché...

— Ne t'occupe pas de ça, dis-moi la vérité !

— ... Il y a eu des morts...

Antoine appréhende les remontrances et lève des yeux honteux vers Vincent. Celui-ci se détourne et marche dans la pièce en réfléchissant. Il ne posera plus de questions. Il est trop tard, le mal est fait. Ce n'est plus l'heure des leçons de morale. Vincent s'habille rapidement. Il est bien réveillé maintenant. Antoine s'est accroupi en se laissant glisser le long du mur. Assis sur ses talons, il attend. Il a remis son sort entre les mains de son frère blanc. Il a confiance, Vincent ne l'abandonnera pas, il trouvera la bonne solution, il n'a même pas crié des injures comme il aurait été en droit de le faire...

— Allez, on y va. On va prendre la Land Rover.

Ils sortent, traversent silencieusement les grandes pelouses de kikouyous et se dirigent vers l'auvent qui abrite les véhicules de l'hôtel. Antoine trottine à la suite de Vincent, comme un chien maigre derrière son maître. Vincent réveille le gardien, qui dormait à même le sol, contre la grille, et lui murmure quelques mots. L'autre s'est levé et hoche la tête respectueusement. Il fera comme l'a demandé Vincent, qui est un bon patron et qui ne gueule jamais, même lorsque Soulémane oublie de faire le plein d'essence ou de vérifier le niveau d'huile. Oui, il ouvrira la grille et fera comme s'il n'avait rien vu. Si on lui demande quelque chose, il ne sait rien du tout. C'est d'accord, on peut compter sur lui.

La grosse voiture quitte l'hôtel lentement. Le long de ses flancs, le sigle Royal Safari et ses palmiers stylisés se découpent en vert sur le fond couleur crème de la carrosserie. L'avenue est déserte. Il est quatre heures du matin, mais les deux rangées de lampadaires l'illuminent comme la piste d'un aéroport. Rien n'est trop beau pour éblouir le visiteur en lui montrant qu'il est dans un pays riche qui peut se permettre ce gaspillage d'électricité. Tout au moins dans les secteurs où elle existe.

Il n'y a pas de transition entre la ville et la brousse. En deux kilomètres, à peine, on passe brutalement d'un urbanisme futuriste à la jungle inhospitalière. La route goudronnée se termine sans raison, au milieu de nulle part, et laisse place à la piste, à peine assez large pour permettre le croisement de deux véhicules. Vincent roule vite, en essayant d'anticiper les embardées de la Land Rover. Il n'y a que deux façons d'amortir les secousses sur le sol en tôle ondulée : rouler à plus de quatre-vingts kilomètres à l'heure ou au-dessous de cinquante.

Antoine est assis à l'arrière et s'appuie sur le dossier du siège de Vincent pour scruter la piste à travers le pare-brise déjà poussiéreux. Au loin, devant eux, il lui semble apercevoir des lumières.

— Attention !

Vincent les a vues, lui aussi. Il freine et dérape sur la latérite qui fuit sous les roues bloquées. En quelques coups de volant experts, il réussit pourtant à maintenir la voiture en ligne.

— Cache-toi Antoine, je crois que c'est un barrage.

— Non, arrête, je vais descendre et traverser par la forêt.

— Tu as raison. Je passe tout seul et je te reprends au prochain village... Disons dans une demi-heure, ça ira ?

— Oui, c'est bon, je vais courir. J'y serai sans faute. Souhaite-moi bonne chance, Vincent.

— Dépêche-toi maintenant ! Allez, saute. A tout de

suite. C'est seulement après coup, lorsqu'Antoine a disparu dans l'enchevêtrement des branches qui bordent la piste, que Vincent réalise qu'Antoine vient de l'appeler par son seul prénom. C'est la première fois...

— ... Descendez du véhicule et présentez-moi les papiers. Le faisceau de la lampe-torche se promène sur le visage de Vincent et balaye l'intérieur de la Land Rover. Le soldat, en tenue de combat, a l'air étonné de voir un Blanc sur les routes à cette heure. Vincent s'exécute docilement. Il descend lentement et se tient debout, les bras écartés, prêt pour la fouille. Le gradé, qui fumait une cigarette, assis sur le capot de sa Jeep, s'approche d'un pas nonchalant.

— Vous êtes vraiment courageux, monsieur, de circuler ainsi en pleine nuit. Ce n'est pas très prudent.

— Peut-être, mais c'est à cause de la chaleur... Je crains énormément la chaleur.

— Oui, bien sûr... Et peut-on connaître la destination finale de ce voyage nocturne ?

Encore un qui manie la langue française avec une délicatesse sortie tout droit des livres de grammaire d'avant-guerre !

— Je dois me rendre à Diamé, on m'y attend... Des clients qui reviennent d'une excursion dans le Nord.

— Oui, bien sûr.

Le militaire est soupçonneux, il ne croit pas ce que Vincent lui raconte, mais il ne peut se permettre un faux pas. On ne sait jamais, ce Blanc à l'air insignifiant peut avoir des relations. Que fait-il en pleine brousse à cette heure de la nuit ?... Peut-être se livre-t-il à la contrebande de l'ivoire ou des pierres précieuses, comme bon nombre de ses semblables... Mais, dans ce cas, il doit bénéficier de l'appui d'un ou plusieurs fonctionnaires bien placés au ministère du Commerce et de la Consommation. Il vaut mieux le laisser passer. De toute façon, il n'a certainement rien à voir avec la révolte des Badangas. Les Blancs sont trop malins pour s'occuper de ces querelles de nègres arriérés.

— C'est bon, vos papiers sont en règle, vous pouvez y aller. Mais tout de même, soyez prudent. La prochaine fois, faites-vous accompagner par un boy ou un assistant. La province n'est pas très sûre...

Sur un ordre aboyé brièvement, les soldats se transforment soudain en agents de la circulation. L'un d'eux se campe au milieu de la piste et agite les bras en larges moulinets, comme s'il était chargé de désengorger un embouteillage à un carrefour urbain.

Vincent répond d'un signe de tête au salut militaire qui accompagne son démarrage. Il ne leur a même pas demandé ce qu'ils cherchaient ni s'il risquait de rencontrer d'autres barrages.

Vincent ne se rendit pas directement à l'hospice. Il tourna au ralenti dans la ville et finalement se gara sur la place de l'église qui, comme souvent, était aussi la place du marché. Assis dans la voiture, il régla le poste sur une station moins bavarde que les autres et se laissa aller contre le cuir souple du dossier de son siège, en fermant les yeux. Il avait besoin de faire le point.

C'était la dernière occasion, la dernière chance. Il allait rendre visite à Mathilde, qu'il imaginait cloîtrée dans sa chambre, là-haut, dans ce grand bâtiment uniformément gris, cet ancien couvent qui dominait la ville et semblait veiller sur ses habitants depuis les dizaines de fenêtres étroites et vides derrière leurs barreaux métalliques.

Il verrait Mathilde, et la boucle serait bouclée. Il aurait alors l'impression d'avoir fait tout ce qui était en son pouvoir.

Vincent ne se faisait guère d'illusions ; il ne retrouverait pas Hélène et cette visite s'avérerait probablement inutile. On l'avait prévenu, la vieille dame n'avait plus « toute sa tête », comme on dit pudiquement pour évoquer la démence qu'engendre quelquefois la sénilité, qu'elle soit précoce ou non. Il ne retrouverait pas Hélène, mais peut-être était-ce mieux ainsi. Et d'ailleurs, avait-il jamais réellement souhaité la revoir ?... Vincent se regarda dans le rétroviseur et imagina la scène.

Quelle tête aurait-elle, quelle tête ferait-elle en le voyant ? Dans la petite glace au-dessus de lui, il contempla les rides qui marquaient déjà le bord de ses paupières et les coins de sa bouche... Vingt-cinq ans s'étaient écoulés... Que peut-on retrouver au bout de vingt-cinq ans ? Restait-il une seule parcelle de celui ou de celle qu'on avait cru connaître ?...

La petite fille rêvée n'avait sans doute plus rien de commun avec la femme qu'elle était devenue. Il imaginait la déception, la désillusion lorsqu'il se retrouverait devant une autre Hélène, un être différent qui n'évoquerait plus rien pour lui. Il éprouvait par avance une sorte de gêne attristée, une honte sans nom qui l'obligerait à s'enfuir sans même lui adresser la parole. Il ne la reverrait pas et c'était mieux ainsi.

En fait, depuis tout ce temps, ce n'était pas elle qu'il avait recherchée, il le comprenait maintenant. Ce qu'il avait aimé dans ce voyage à travers le temps, c'était marcher sur ses traces, à distance, fouler à nouveau des chemins qu'elle avait parcourus, se rapprocher, tourner autour de son souvenir sans jamais vraiment l'atteindre. L'inachevé, voilà ce qu'il aimait ; pouvoir imaginer la perfection sans avoir à la soumettre aux offenses de la réalité et du quotidien...

Un groupe d'enfants traversa la place. Ils allaient par deux, en se tenant la main, petites silhouettes en blouses de couleurs qui leur descendaient jusqu'aux mollets, marchant joyeusement sous l'œil vigilant d'une institutrice qui faisait se presser les rêveurs et les traînards. Vincent les regarda passer d'un œil attendri, suivant leur cortège sautillant jusqu'à ce qu'ils aient tourné au coin d'une rue bordée de hauts murs couverts de lierre.

Si le sort en avait décidé autrement, il aurait pu lui aussi venir attendre une fillette ou un bambin à la sortie de l'école. Il aurait porté leur sac trop chargé, il les aurait écoutés, admiratif, lui raconter d'une voix gazouillante les moindres faits et gestes de leur journée studieuse mais passionnante...

Hélène avait peut-être des enfants, elle. Deux, trois ?... Il ne le saurait jamais, il ne les connaîtrait pas. Il aurait suffi de peu de chose pourtant pour que la vie soit différente. S'il avait pu parler à son père, s'il n'y avait pas eu cette maladie de sa mère, si... Mais à quoi bon se torturer l'esprit avec ce genre de spéculations ? Le moment était venu de remettre le passé à sa place, à celle qu'il n'aurait jamais dû quitter, à l'arrière-plan de l'existence, comme une toile de fond sur laquelle pourrait enfin se dérouler le présent.

Le présent, mais quel présent ?... Vincent avait le

sentiment très net qu'il ne vivrait plus rien d'exaltant, plus rien d'important. Tout était derrière lui et devant il n'y avait rien... En dépit des efforts de François et Julie, malgré l'affection de la tante Marie et de l'oncle Georges, Vincent se sentait totalement incapable du moindre projet, du moindre désir. Même les chevaux et la ferme n'avaient pas réussi à lui redonner le goût des choses simples, l'envie de vivre comme tout le monde. Il avait donné l'argent à François, en pensant que c'était un début, une façon comme une autre de renouer avec la réalité et d'y participer. Mais, en fin de compte, ce n'était qu'un alibi, une manière d'acheter leur indulgence et la liberté de se lancer sur les traces de ses phantasmes...

Quoi qu'il fasse, quoi qu'il tente, les souvenirs ne se laisseraient pas faire facilement ; ils refuseraient probablement de jouer les seconds rôles et continueraient à hanter Vincent très longtemps encore. Hélène et l'Afrique se mélangeaient dans sa tête, se superposaient, se confondaient, disparaissaient, revenaient... Hélène pour oublier l'Afrique ? A moins que ça ne soit l'inverse...

And it's all over now, Baby Blue...

Vincent augmenta le volume de la radio et se mit à fredonner puis à chanter à pleins poumons en battant la mesure sur le volant et en essayant de calquer le timbre de sa voix sur celui, rauque à force de tabac et d'alcool, du chanteur de ce groupe anglais issu des bas quartiers de Birmingham. La place était à nouveau déserte et c'était sans doute préférable. Les bourgeois du cru n'auraient probablement pas compris que l'on puisse crier sa détresse de cette façon, retranché dans une voiture dont les vitres commençaient à s'embuer, en hurlant des chansons de sauvages et en se secouant comme un forcené.

Lorsque le calme revint, Vincent consentit enfin à quitter son abri et à faire quelques pas dans la ville.

En ce milieu de matinée et comme dans tous les bourgs qu'il avait traversés, la vie semblait s'être retranchée derrière les façades austères des demeures cossues et au fond des ateliers d'artisan. Comme toujours, Vincent visita deux ou trois cafés pratiquement vides, où il ne resta que quelques minutes, attablé devant une tasse de café et couvé du regard par un tenancier croyant avoir à faire à un voyageur de commerce qui se serait accordé une pause au milieu d'une tournée particulièrement chargée.

Il erra encore dans les rues désertes et, vers onze heures, il gravit lentement la longue côte bordée de marronniers, au sommet de laquelle s'élevait l'ancien couvent transformé en hôpital-hospice. Il avait honte d'arriver ainsi les mains vides, mais s'il s'était jamais trouvé un fleuriste dans le bourg, il avait dû fermer boutique depuis bien longtemps déjà...

Les gravillons blancs de la cour crissaient sous ses semelles et Vincent avait l'impression que des centaines d'yeux suivaient sa progression vers le grand portail où s'affichaient, en lettres blanches en relief, le nom des différentes salles et les horaires d'ouverture aux familles. Certains mots, pourtant ordinaires en ces lieux, le firent frissonner et l'obligèrent à détourner les yeux : urgences, chirurgie, salles d'opération...

Sur un banc, deux vieillards étaient assis côte à côte, penchés en avant dans une pose qui pouvait laisser supposer qu'ils attendaient la première occasion pour bondir en avant et fuir très loin de cette prison où ils étaient condamnés à finir leur vie. Les cannes noueuses à la crosse patinée, posées en travers de leurs genoux, démentaient cette première impression. Vincent les salua d'un signe de tête auquel ils répondirent en soulevant leurs casquettes d'un ou deux centimètres.

Apparemment, le conseil d'administration avait tenté de moderniser et d'égayer ce bâtiment rébarbatif, légué quelques dizaines d'années auparavant par un ordre religieux que le manque de piété de la société moderne et l'absence de nouvelles vocations avaient contraint à des sacrifices immobiliers.

Sous la voûte du porche gigantesque, on avait construit une cage de verre depuis laquelle un concierge aussi pâle que sa blouse surveillait toutes les entrées et sorties. Juste en face de ce bocal éclairé par des néons blafards, un panneau de marbre était boulonné dans l'épaisseur des pierres de taille et mentionnait en lettres d'or le nom de tous les généreux donateurs qui d'une façon ou d'une autre avaient contribué au confort et au bien-être de « nos aînés ».

— Vous cherchez ?...

Le cerbère avait fait coulisser une sorte de guichet, vitré lui aussi, et penchait la tête à l'extérieur pour apostropher Vincent. Manifestement, celui-ci ne faisait pas partie des têtes connues, il n'avait pas de bouquet ou de boîte de chocolats dans les mains, et, pour tout dire, il n'avait pas une tête et une allure à fréquenter les maisons de retraite.

— Je souhaiterais rendre visite à une de vos pensionnaires.

— Médecine ou long séjour ?

— Euh... long séjour.

— Premier couloir, première porte à droite.

Le guichet se referma avec un bruit mat et, avant que Vincent n'ait eu le temps de faire un mouvement, l'homme s'était déjà replongé dans la lecture de son journal. A l'extrémité du porche sous lequel résonnaient les pas, le bâtiment se scindait : à gauche l'hôpital et à droite les locaux de l'hospice des vieux.

Il y avait un peu plus d'animation derrière la porte battante qui ouvrait sur le grand couloir. On se serait cru soudain transporté dans un passage au cœur d'une ville médiévale, une galerie couverte où déambulaient des promeneurs lents, étrangement vêtus de peignoirs de laine épaisse qui leur tombaient jusqu'aux pieds, recouvrant en partie les chaussons à carreaux qu'ils faisaient glisser péniblement sur les dalles du carrelage. La hauteur du plafond, la longueur du couloir et les tableaux immenses et sombres qui ornaient les murs ajoutaient encore à cette sensation étrange de pénétrer dans un autre monde. De grandes banquettes flanquaient les murs, entre les fenêtres étroites et grillagées. Des femmes assises bavardaient par groupes de deux ou trois et des hommes marchaient de long en large, sans but apparent. Une garde-malade corpulente s'avançait à la rencontre de Vincent en faisant claquer ses talons de bois sur le carrelage. Elle s'arrêta devant un pensionnaire mal rasé qui marmonnait tout seul en fixant le sol.

— Monsieur Champenot ! Qu'est-ce que c'est que cette tenue ?... Voulez-vous fermer cette braguette s'il vous plaît...

Le vieillard obtempéra en riant de sa bouche édentée, et la femme se retourna vers Vincent :

— Vous cherchez quelqu'un, monsieur ?

— Madame Mathilde Delaunay, s'il vous plaît.

— Chambre deux cent douze, deuxième étage.

Vincent ne sut pas ce que signifiait la moue qui accompagnait la réponse. Il s'engagea dans l'escalier, monta jusqu'au deuxième étage et s'arrêta devant la porte indiquée, hésitant avant de frapper. Aucun bruit ne filtrait dans le couloir. Il finit par se décider, et la voix qui répondit n'avait pas la sonorité chevrotante à laquelle il s'attendait. La vieille dame était assise, en robe de chambre elle aussi, dans un fauteuil tiré devant la fenêtre. Elle contemplait le parc, sur l'arrière du bâtiment, où de petites silhouettes allaient par deux, lentement, se croisant et se saluant, avant de se croiser à nouveau dans une autre allée, au hasard d'un périple qui n'en finissait pas.

— C'est toi, André ?... Assieds-toi et regarde comme les arbres sont beaux à cette saison. J'ai toujours aimé l'automne. Je ne sais pas pourquoi... A cause de la tristesse qui flotte dans l'air, sans doute...

Vincent toussota et Mathilde se retourna lentement, le considérant sans émoi, comme si elle l'avait toujours vu là, près de ce lit aux montants métalliques et à l'inclinaison réglable.

— André ne vient plus me voir depuis longtemps, mon petit Paul... Non, pas Paul, qu'est-ce que je raconte, tu es... tu es... Je ne sais plus, mais tu es très beau... Assieds-toi, je suis contente que tu sois venu me voir. Cela fait longtemps, n'est-ce pas ?

Vincent hocha la tête silencieusement. Il avait soudain la gorge serrée devant cette femme qui semblait le reconnaître sans l'avoir jamais vu auparavant. Il ne savait pas s'il devait jouer le jeu, faire semblant d'être celui qu'elle croyait retrouver, ou au contraire expliquer qui il était réellement. Une grande douceur émanait de son visage et seuls ses yeux vagues et d'un bleu pâle délavé trahissaient une sorte d'éloignement et d'absence à la réalité du monde qui l'entourait.

— Tu ne dis rien, mon petit ? Tu es toujours aussi timide, n'est-ce pas ?... Tu te souviens, à la distribution des prix, comme il fallait te pousser pour que tu acceptes de monter sur l'estrade ?... Tu devenais rouge, tu disais : « Non, je n'irai pas. », quelquefois tu te mettais à pleurer... Tu étais un très bon élève pourtant...

Mathilde se tut brusquement, semblant revivre des moments que Vincent ne pouvait partager avec elle.

Tu lui ressembles, songea-t-il. Comme elle tu te réfugies dans le passé et bientôt tu ne seras plus capable de penser autrement. Mais elle a des excuses, elle ne peut rien espérer de l'avenir, tandis que toi... Si tu lui offrais toutes les années qu'il te reste à vivre, elle en ferait certainement un meilleur usage, elle ne s'apitoierait pas sur son sort comme tu ne cesses de le faire. Regarde-la, bientôt tu seras comme elle, de l'autre côté, perdu, accroché à des morceaux de souvenirs, incapable de mettre un nom sur ceux qui t'approchent.

Vincent était dans la pièce depuis plus de cinq minutes, mais il n'osait pas parler, il n'osait pas la questionner.

— Assieds-toi, mon petit. Ce n'est pas un endroit très agréable, mais j'y suis habituée maintenant.

— Excusez-moi, Madame, je ne vais pas rester très longtemps... J'avais envie de vous voir, simplement... de vous saluer...

Elle le regardait en souriant et Vincent bafouillait, avec au cœur cette espèce de gêne qu'il avait éprouvée quelquefois en lisant les lettres de la Rouvraie. Elle tendait sa main blanche aux veines saillantes, indiquant la chaise près de la petite table recouverte d'un napperon de dentelle. Ce morceau de tissu et le crucifix très sobre cloué sur le mur blanc constituaient les seuls éléments décoratifs de la chambre.

— C'est très gentil de ta part d'être venu me voir. Je ne reçois guère de visites, tu sais. Mon frère ne vient presque plus ; il dit que cette maison le déprime... Et je n'ai pas eu d'enfants... Georges n'aurait pas voulu que je finisse ma vie dans cette institution. Le pauvre homme... Il te ressemblait... Un peu plus grand peut-être... Quelquefois je me dis que j'ai trop tardé, que j'aurais dû m'en aller en même temps que lui... Le bon Dieu en a décidé autrement...

Ses yeux ne regardaient pas Vincent, ils voyaient quelqu'un d'autre, à l'intérieur d'elle-même, un mari ou un amant depuis longtemps disparu, et son visage s'éclairait au fur et à mesure qu'elle l'évoquait. Un jour elle mourrait, comme ça, sans s'en rendre compte, en se croyant encore à son bras dans les allées des parcs de Vichy ou assise sous une tonnelle, sur les bords de l'Allier.

Vincent s'assit timidement sur le bord de la chaise et sortit de la poche de sa veste les deux photographies qu'il avait conservées précieusement. Sans un mot, il les tendit à la vieille dame.

— Ah ! Tu m'apportes des photos ?... C'est une bonne idée, je les mettrai dans un cadre, sur ma table de nuit... Là, c'est toi quand tu étais petit, non ?... Et cette petite fille si mignonne ?

— ... Ce n'est pas moi, madame, je crois qu'il s'appelle Gilles et la petite fille... Hélène.

— Nous jouions dans le jardin avec ma sœur, et maman tricotait en nous surveillant... Et puis cette abeille, tout à coup... Constance a voulu la prendre, la toucher... Elle ne savait pas, la pauvre petite !... Elle a pleuré pendant deux heures, malgré le vinaigre...

Elle s'était tournée à nouveau vers la clarté tombant de la fenêtre et tenait les photos très près de ses yeux, qu'elle plissait pour mieux distinguer les visages souriant en noir et blanc.

— ... Madeleine était très bonne elle aussi avec les enfants... Sa douce Hélène, et le petit Gilles. Mon Dieu ! Les beaux enfants... Comme j'ai pu les dorloter, les chérir, ces petits anges... Même la petite... Quel bonheur de m'avoir apporté cela !... Nous aurions tant aimé avoir des enfants, Georges et moi... Pauvre Georges... Il adorait Gilles comme s'il avait été son propre petit-fils... Il le gâtait, mais il le gâtait !...

Pourquoi disait-elle « même la petite » ? Qu'avait donc fait Hélène pour mériter d'être traitée différemment et moins « gâtée » que son frère ?... Et qui était Madeleine ? Vincent n'avait jamais lu son nom dans les papiers de la Rouvraie. Le visage de Mathilde rayonnait de bonheur à la simple vue de ces deux photos un peu craquelées et dont le liséré blanc commençait à jaunir. Vincent la vit partir à nouveau vers ce passé où elle avait choisi maintenant de cantonner sa pauvre existence. Elle continuait à égrener les souvenirs en citant le nom de Georges toutes les deux phrases, et cette fois encore Vincent n'osa pas l'interrompre.

— ... Joseph et Georges partaient pour une promenade à cheval et nous paressions dans le jardin, Constance et moi... Qu'ils étaient beaux lorsque nous les regardions s'éloigner sur le chemin de la forêt... Pauvre Constance...

Des coups frappés à la porte firent sursauter Vincent. Sans attendre de réponse, la garde-malade entra et parla d'une voix trop forte et faussement enjouée :

— Alors madame Delaunay ? On oublie l'heure du déjeuner ?... C'est ce beau jeune homme qui vous trouble ?

Elle fit un clin d'œil à Vincent et s'avança au milieu de la chambre.

— Allez, prenez votre canne et je vais vous aider à descendre. Vos voisines commençaient à s'inquiéter... Allons, dépêchons-nous, il y a du hachis Parmentier aujourd'hui. Vous aimez ça, n'est-ce pas madame Delaunay ?

La vieille dame salua Vincent qu'elle appelait toujours mon petit et à qui elle demanda de bien embrasser « tout le monde » de sa part. Il les regarda s'éloigner lentement dans le couloir et entamer précautionneusement la descente d'escalier.

En posant le pied sur la première marche, la jeune femme en blouse bleue se retourna vers Vincent, lui sourit et leva les yeux au ciel, comme pour signifier : « Ah, croyez-moi, il faut de la patience avec ces vieux piqués ! »

XI

— Ça fait du bien ! On se sent tout propre, tout frais. Tu ne trouves pas ?

— Si. C'était délicieux. Je pourrais rester des heures à nager dans cet étang, avec toi.

Ils sont allongés dans l'herbe, sur la rive en pente douce, au milieu d'une flaque de soleil que n'atteint pas l'ombre des chênes qui descendent presque jusqu'au bord de l'eau. Des gouttelettes roulent le long de leurs jambes lisses et blanches. Ils plissent les yeux et offrent leur corps humide aux rayons brûlants.

— Tu as déjà vu la mer ?

— Plusieurs fois, je suis même allé sur un bateau, l'année dernière.

— Et tu n'as pas été malade ?

— Bien sûr que non !... Je ne suis pas une mauviette. Tu verras, quand nous serons plus grands, j'achèterai un bateau et je t'emmènerai...

— Je suis déjà montée dans la barque de mon grand-père, elle est très grande et d'un beau vert qu'on repeint tous les ans. Il s'en sert pour aller à la pêche avec ses amis.

Vincent s'est relevé et s'essaie à faire des ricochets sur les eaux calmes de l'étang.

— Une barque, c'est pas pareil, c'est pas un vrai bateau.

Hélène hausse les épaules. Elle trouve normal qu'il cherche à l'impressionner avec des expériences qu'elle n'a pas encore connues. Mais dans le fond, elle sait bien qu'il est tendre et fragile.

— Tu sais, quand tu es comme ça, tu me fais penser à mon grand-père, justement.

— Ah bon ? Et pourquoi ?

— Je ne sais pas... Il a l'air un peu bourru, un peu dur, mais quand on le connaît bien... C'est un grand sentimental.

Vincent éclate de rire.

— Et tu l'aimes bien ton grand-père ? Autant que moi ?

— Oui, pas de la même façon, mais après toi, je crois qu'il est celui que j'aime le plus au monde...

— Comment s'appelle-t-il ?

— Joseph.

Vincent lui tourne le dos et continue à choisir les galets ronds et plats qui devraient donner de bons résultats et peut-être lui permettre de battre son record du jour. Il ne voit pas les yeux d'Hélène, devant lesquels soudain passe un voile de tristesse qui les remplit de larmes.

Vincent ne les vit pas tout de suite. Il était encore un peu troublé par ce qu'il venait de vivre, par cette vieille dame charmante, si aimable et si loin de tout, mais qui ne lui avait rien appris. Il aurait fallu rester auprès d'elle pendant des heures, à l'écoute, jusqu'au moment ou par hasard un souvenir précis aurait surgi, comme un iceberg à la dérive sur la banquise de sa mémoire.

Lorsqu'elle l'avait quitté pour se rendre au réfectoire, il était descendu rapidement, traversant les couloirs sans rien regarder et passant à toute allure devant le concierge qui avait à peine levé le nez de son journal. En serrant les dents, Vincent n'avait cessé de se répéter : « Ne pense pas à ta mère, ne pense pas à ta mère »...

Au fur et à mesure qu'augmentait la distance entre lui et ces bâtiments sombres qu'il sentait encore dans son dos, Vincent avait ralenti l'allure et retrouvé un souffle normal. Ce n'est qu'en traversant la place de l'église qu'il vit la Peugeot garée à proximité de sa propre voiture. Il se demanda ce qu'elle faisait là, si proche de la DS, alors qu'il y avait tellement d'espace tout autour. Lorsque ses deux occupants firent claquer leur portière avec la même assurance et s'avancèrent à sa rencontre en plongeant leurs mains dans les poches de leurs imperméables, il comprit qu'il n'avait pas affaire à des touristes ou à des fidèles se rendant à la messe.

— Monsieur Vincent Barillet ?... Inspecteur principal Le Goff, de la brigade criminelle de Moulins. Si vous voulez bien nous accompagner, nous aurions quelques questions à vous poser.

Vincent faillit éclater de rire et leur conseiller de se décontracter, car il n'était pas armé et ne venait pas de braquer la caisse de l'hospice cantonal. Mais le petit Breton avait l'air de se prendre tellement au sérieux qu'il jugea préférable de s'abstenir. Il ne leur demanda pas non plus s'ils étaient en possession d'un mandat ou d'une pièce quelconque justifiant leur intervention. Au point où il en était, Vincent ne considérait même pas cette interpellation comme un événement extraordinaire et déplacé. Il se demandait ce qu'ils pouvaient bien avoir à lui reprocher, mais il n'était pas inquiet. Un problème avec la voiture peut-être, le propriétaire du champ de Couleuvre qui souhaitait qu'on lui rembourse sa clôture ?... Ils l'emmenèrent sans dire un mot jusqu'à la gendarmerie où un bureau leur avait été réservé.

— Vous n'avez pas l'air très surpris de nous voir, monsieur Barillet. Ne vous inquiétez pas, il s'agit seulement d'un interrogatoire de routine.

C'était toujours le même policier qui parlait et Vincent se demanda si l'autre n'était là que pour asséner des coups de Bottin, le cas échéant.

— Comment saviez-vous que vous me trouveriez ici ?

— Nous nous sommes renseignés, c'est notre métier... Bien !... Et si vous nous disiez pourquoi vous vous intéressez tant au domaine de la Rouvraie ?

Nous y voilà !... Vincent marqua un temps avant de répondre :

— C'est personnel.

— Mais encore ?...

— Je vous le répète, c'est strictement personnel... Rien qui puisse vous intéresser.

— Vous nous permettrez d'en juger nous-mêmes, si cela ne vous dérange pas...

Pourquoi disait-il toujours « nous » alors qu'il était seul à parler ? Son compère avait d'ailleurs l'air plus intéressé par un morceau d'aliment coincé entre deux de ses incisives que par cette conversation mal engagée.

— ... A votre place, je me montrerais plus coopératif. Pour l'instant, je vous l'ai dit, il ne s'agit que d'une formalité sans conséquences, mais nous pourrions devenir plus... coercitifs, si vous voyez ce que je veux dire.

Cette fois, Vincent ne put s'empêcher de grimacer un triste sourire. Les auxiliaires du capitaine Koulibali auraient pu utiliser ce genre d'adjectif ampoulé. A dix mille kilomètres de distance, les représentants de l'ordre manifestaient décidément d'étranges ressemblances.

— A votre place, j'effacerais ce sourire moqueur, monsieur Barillet... Du témoin au suspect, il n'y a qu'un tout petit pas...

— Et combien, jusqu'à la guillotine ?...

Vincent s'énervait. Ce petit freluquet imbu de sa personne et de son autorité légale commençait à lui chauffer les oreilles. Il n'avait rien d'essentiel à se reprocher et allait leur montrer qu'il ne les craignait nullement. Il faillit leur dire ce qu'il avait déjà vécu avec certains de leurs semblables, à l'autre bout du monde, mais il choisit finalement le mode sardonique, celui qui fait le plus mal :

— ... Maintenant, nous allons nous calmer, vous allez cesser de vous prendre pour Humphrey Bogart et me dire de quoi il s'agit... Tout à fait entre nous, je ne suis pas Pépé le Moko : repos, vous pouvez fumer.

Le plus grand des deux inspecteurs mit fin à ses investigations bucco-dentaires et jeta un coup d'œil interrogateur vers celui qui devait être son supérieur. Celui-ci leva la main pour signifier qu'il avait la situation bien en main. Il était probablement moins bête qu'il n'en avait l'air, car il ne jugea pas utile de s'offusquer des propos de Vincent. Il reprit la parole :

— Je pense que vous avez tort de le prendre sur ce ton... Ce n'est pas une plaisanterie, il s'agit d'un meurtre, monsieur Barillet. Vous avez certainement entendu parler du cadavre découvert en forêt de Tronçais et récemment identifié par nos services ?

— Comme tout le monde...

— Parfait ! Or il se trouve que la victime était mêlée à une importante affaire d'infraction à la législation sur la viande de bœuf. Nous avons toutes les raisons de supposer que le dernier propriétaire de la Rouvraie pourrait... disons... apporter un éclairage supplémentaire qui favoriserait l'avancement de l'enquête... Et contrairement à ce que vous pensez, vos allées et venues dans ces parages ne sont pas passées inaperçues. Vous savez, les gens de la campagne sont observateurs, et ils parlent... Beaucoup plus qu'on ne pourrait le croire. Votre assiduité sur ces lieux n'a pas manqué d'attirer l'attention... Vous connaissiez ces personnes, les Crespin-Delaunay ?

Cette fois, Vincent décida de s'abstenir de tout sarcasme. Puisque l'inspecteur Le Goff se montrait relativement courtois, il décida de raconter partiellement la vérité. Il parla de souvenirs de jeunesse et d'amitié avec les enfants de la famille, sans plus de précision ; il évoqua le retour tardif au pays et le besoin de retrouver les jalons posés vingt-cinq ans auparavant. Il prit soin de leur servir un discours très superficiel, en évitant de parler de ses rencontres et des papiers subtilisés dans la maison dévastée.

Le policier finit par comprendre que Vincent n'avait rien à voir avec l'enquête en cours, mais l'interrogatoire se poursuivit pendant une demi-heure, pour la forme et peut-être pour apprendre à ce jeune homme qu'on ne plaisante pas impunément avec les représentants de la loi dans l'exercice de leurs fonctions. Ils lui posèrent des questions indiscrètes et inutiles, sur son passé, sa famille et ses moyens d'existence. Vincent se laissa faire docilement et réussit à en apprendre autant qu'il ne se livra : Gilbert et Louise Crespin-Delaunay restaient introuvables, malgré les recherches étendues à l'ensemble du territoire. On supposait qu'ils avaient fui à l'étranger, ce qui tendait à accréditer les soupçons qui s'étaient portés sur le chef de famille. Le fils, Gilles, avait été « entendu » dans les Alpes-de-Haute-Provence où il s'était établi depuis mille neuf cent soixante-neuf, après avoir rompu toutes relations avec ses parents, pour des raisons restées obscures. Il avait été rapidement mis hors de cause.

— Et sa sœur ?

L'inspecteur marqua un temps d'arrêt en regardant Vincent avec étonnement. Manifestement, quelque chose n'allait pas. Vincent se demanda ce que sa question avait de tellement extraordinaire. Il la reformula, non sans une certaine angoisse :

— Hélène... La sœur de Gilles. Vous avez bien dû l'interroger, elle aussi, non ?

— Quelle sœur ?

— Je viens de vous le dire, Hélène.

— Vous devez vous tromper, monsieur Barillet. Gilles Crespin-Delaunay est fils unique, nous n'avons jamais eu affaire à cette « Hélène » dont vous parlez.

— Hein ? Vous vous moquez de moi !...

— Absolument pas... Mais dites-moi, ne serait-ce pas là l'élément très « personnel » auquel vous faisiez allusion tout à l'heure ?

Vincent ne prit pas la peine de répondre. Il s'était

levé d'un bond dans la petite pièce et ne semblait plus tenir en place. L'inspecteur Le Goff l'observait d'un air vaguement amusé. Son assesseur paraissait s'en moquer complètement.

— Vous me racontez n'importe quoi !... Je nc peux pas vous croire. Vous me cachez quelque chose...

— Pour quelle raison ferions-nous cela ?

— Est-ce que je sais !... Avec votre esprit tordu de flic...

Pour la première fois depuis le début des opérations, l'éternel second prit enfin la parole :

— Attention à ce que vous dites ! Je n'ai pas la patience de mon collègue.

Vincent leva les mains en signe d'apaisement et s'excusa. Il continuait à tourner en rond dans le bureau garni d'affiches vantant « un métier d'hommes » qui n'était pas près de connaître la récession. Il se passa une main nerveuse sur le visage et dans les cheveux.

— Je ne comprends plus rien... Ce n'est pas possible... Vous êtes mal renseignés, qu'essayez-vous de me faire croire... Je l'ai vue... C'est son frère qui est venu me prévenir... Je lui ai dit adieu à la grille de la maison... Et puis les photos... Je ne suis pas fou, tout de même !...

Les deux inspecteurs l'observèrent en silence quelques instants, sans manifester la moindre émotion. Ils en avaient vu d'autres ; ce n'était pas la première fois qu'ils côtoyaient ce genre de délire, mais le désarroi dont faisait preuve le témoin sortait du cadre de leur enquête. Cette histoire de sœur imaginaire ne les concernait pas.

Sur un signe de Le Goff, ils rempochèrent leurs calepins et leurs stylos.

— Nous en avons terminé, monsieur Barillet. Vous pouvez rentrer chez vous.

Et voyant que Vincent n'avait pas l'air d'entendre et qu'il poursuivait son monologue incohérent :

— Croyez-moi, les Crespin-Delaunay n'ont jamais eu de fille. Voyez les registres de l'état civil ou venez consulter nos dossiers ; il n'y a pas l'ombre d'un doute... Allez, au revoir monsieur Barillet et, soyez prudent sur la route, vous m'avez l'air passablement tourmenté...

Vincent ne trouva pas la force de marcher jusqu'à la voiture. A peine sorti de la gendarmerie, il s'assit sur un banc et resta prostré durant de longues minutes, essayant d'assimiler ce qu'on venait de lui dire.

Hélène !... Il ne l'avait pas rêvée. Il ne l'avait pas rencontrée dans une autre vie !... Il n'avait tout de même pas enjolivé le souvenir au point d'inventer autour d'elle une maison et une famille !... Il y avait les photos, la petite fille sur son fauteuil de jardin...

Vincent se prit la tête dans les mains en essayant de mettre un peu d'ordre dans le fatras de ses idées. Ce n'était pas la peine de mettre en doute les paroles de l'inspecteur, et pourtant !... Comment était-ce possible ?

Cloué sur ce banc, dans la rue déserte, Vincent ressentait une impression étrange, comme s'il s'était trouvé au milieu d'un nuage cotonneux, assailli par l'écho de voix déformées qui tournaient autour de lui, semblant sortir des haut-parleurs d'un électrophone tournant au ralenti... Cette fois, petit frère, tu peux retourner à l'hospice dont tu viens à peine de sortir, ils auront certainement une chambre pour toi, à côté de Mathilde, une chambre aux murs recouverts de matelas et aux lits pourvus de sangles solides... Tu verras, après la piqûre, tu te sentiras mieux, beaucoup mieux... Au bout de quelque temps, ils te laisseront sortir, tu pourras te promener dans le parc avec Mathilde. Elle te parlera de Georges et tu lui raconteras Hélène... On vous verra déambuler lentement dans les allées, toujours ensemble, les yeux remplis du bonheur que vous puiserez dans le monde imaginaire qui sera le vôtre... Ceux qui viendront te rendre visite chuchoteront en s'en allant, mais tu ne sauras pas qu'ils sont tristes de te voir comme ça. Quelques-uns essuieront une larme, discrètement, sans comprendre que tu n'es pas malheureux... Vincent poussa un cri et sursauta violemment. Les deux gendarmes se penchaient sur lui et l'un d'eux le secouait doucement en lui tenant l'épaule. La couleur des uniformes n'était pas la même, les visages étaient blancs, et pourtant, en une fraction de seconde, Vincent se retrouva plongé dans l'horreur, au cœur de la nuit africaine.

— Tu restes là et tu ne bouges pas. Faut couper le moteur. Le chef va venir tou'suite.

Ils entourent la Land Rover et leurs pistolets mitrailleurs sont braqués sur Vincent.

Que s'est-il passé ? Il est resté près de deux heures à l'endroit convenu. Antoine n'est jamais arrivé. Vincent a hésité ; devait-il faire demi-tour et tenter de le récupérer sur la piste ? S'était-il trompé de route ?... Peu probable.

Et maintenant ils sont là, nerveux, le doigt crispé sur

la gâchette, comme s'ils attendaient le moindre faux pas pour lâcher leurs rafales. Il les regarde et a l'impression de lire dans leurs yeux un sentiment de revanche sur tous les Blancs prétentieux qu'ils ont pu croiser jusque-là.

Un groupe s'approche en tirant quelque chose derrière lui, une sorte de gros paquet que trois soldats font glisser sur le sable de la piste. Les hommes parlent en dialecte batéké, mais Vincent, à leur intonation, comprend qu'ils profèrent des injures. La nuit est noire et Vincent ne distingue que des formes qui s'agitent à contre-jour dans le faisceau des phares des Jeep et des camions bâchés. Soudain, le même officier, celui qui l'a laissé passer tout à l'heure, se dresse en face de lui.

— Vous semblez avoir suivi mon conseil judicieux ; vous avez compris qu'il était plus raisonnable de rentrer à votre domicile ?... La brousse est très dangereuse par ces nuits sans lune...

Vincent ne répond pas. L'angoisse l'étreint et son cœur semble sur le point de remonter jusqu'à sa bouche. Ils l'ont pris... Ils l'ont tué... Ce militaire souriant est en train de jouer avec lui comme un chat repu avec une souris blessée.

— ... A moins que vous n'ayez perdu quelque chose dans les cahots de cette piste mal entretenue ?... Ce genre de « bagage », peut-être ?...

L'officier s'écarte d'un pas et désigne la forme recroquevillée sur le sol, les mains et les pieds attachés par une corde. Un soldat dirige le faisceau de sa torche sur le corps poussiéreux et sanglant. Vincent n'a pas besoin de s'approcher, il l'a reconnu.

— Antoine !

Le cri lui a échappé et quelques soldats en tenue

léopard se mettent à rire. Le chef d'escouade les rappelle à l'ordre et ils rectifient la position.

— Vous avez l'air de bien connaître cet homme. C'est un peu étrange, vous ne trouvez pas ? Un nègre en pleine nuit, à vingt-cinq kilomètres de la ville... C'est vraiment la coïncidence !...

Antoine remue faiblement en geignant.

— Que lui avez-vous fait ? Détachez-le tout de suite, espèce de chimpanzé ! Vous m'entendez ? Enlevez-lui cette corde ou je vous étrangle...

C'est plus fort que lui, des étoiles rouges passent devant ses yeux et Vincent se jette comme un fauve sur l'officier. Il n'a pas le temps de l'atteindre, des mains l'agrippent fermement et le maintiennent face au lieutenant qui n'a pas bronché. Le regard de celui-ci devient soudain plus dur, et dans un geste théâtral il dégaine brusquement le revolver qui pendait à sa ceinture. Appuyant le canon de l'arme sous le menton de Vincent, il l'oblige à relever la tête.

— Tu m'as menti, petit Blanc. Tu es le complice de ces terroristes irresponsables et cela va te coûter très cher.

Tout est possible maintenant, Vincent le sait. Les hommes font cercle autour de lui et l'observent en silence. Leur nervosité est presque palpable. Il suffirait d'un rien, d'un geste de sa part, d'un doigt qui se crispe sur la gâchette, et sa tête volerait en éclats.

Mais, peu à peu, la pression du canon du revolver sur son cou se relâche. L'officier rengaine l'arme et reprend la parole :

— Tu as de la chance. Dans mon village, les vieux disaient toujours qu'on ne doit pas tuer les Blancs parce qu'ils sont comptés et marqués dans le grand livre. Les choses ont changé depuis ce temps-là, mais je vais te laisser la vie.

Il s'interrompt pendant quelques secondes, en fixant toujours Vincent qui ose à peine respirer. Puis il reprend :

— ... Mais mes hommes ne comprendraient pas que tu ne sois pas puni pour ce que tu as fait. Avant-hier, beaucoup de leurs camarades ont été tués. Pour le bon moral de la troupe, je vais leur donner l'autorisation de jouer un peu avec toi.

L'homme aboie quelques ordres d'une voix cassante, avant de sortir du cercle éclairé par la lumière des phares et de s'éloigner dans la nuit. Dès qu'il a disparu, les coups commencent à pleuvoir.

Bientôt, Vincent se retrouve à terre. La douleur remplace la peur et, finalement, c'est presque un soulagement. Recroquevillé sur le sol, Vincent espère qu'il va bientôt s'évanouir. Lorsque la lourde crosse d'un fusil s'abat sur sa tempe, il peut enfin perdre conscience.

Un peu plus tard, il se réveille avec une douleur atroce qui tape sous son crâne, au rythme des battements de son sang. Sa joue repose sur une surface métallique qui sent la rouille et le gas-oil et, en ouvrant les yeux, il devine une rangée de pieds chaussés de brodequins militaires. Il réalise qu'il est allongé sur le plancher d'un camion qui roule en cahotant vers une destination qu'il imagine. Les premières lueurs de l'aube grisaillent au-dehors. Il sent un corps contre le sien et se retourne avec mille précautions pour ne pas éveiller l'attention des gardes qui somnolent l'arme au pied, le dos brinquebalant contre les ridelles. Il chuchote :

— Antoine, tu m'entends ?

— Ne dis rien, monsieur Vincent. Tu ne me connais pas, tu ne m'as jamais vu...

— Trop tard !

— Je te demande pardon. C'est ma faute de t'avoir entraîné là... Je n'ai pas pu passer, ils avaient tendu l'embuscade. Ils m'ont coincé...

Un gémissement sourd s'échappe de la bouche d'Antoine qui serre les dents pour s'empêcher de hurler. Vincent ne peut rien faire. Il maudit les brutes primitives qui l'ont mis dans cet état. Antoine ouvre les yeux à nouveau. Leurs visages sont très proches et Vincent peut presque sentir la peur et la souffrance qui traversent le corps de son compagnon d'infortune. Antoine ravale un dernier gémissement et murmure d'une voix faible :

— Ne t'inquiète pas, mon frère, je ne vais plus souffrir très longtemps... Ils vont me tuer bientôt.

— Ne dis pas cela. Je les en empêcherai... Je retournerai voir le capitaine... Et puis, il faut un jugement, un procès !...

— Il n'y a pas de jugement pour les types comme moi. Je les connais : c'est mieux pour eux si je n'arrive pas jusqu'à la ville... Trop de complications. Ici, c'est pas la France...

Antoine ferme les yeux et se tait. Une grimace déforme ses traits et la sueur coule au milieu du sang qui baigne son visage. Vincent essaye de réfléchir. Il faut qu'il parle à cet officier... Lui proposer un marché, gagner du temps... Une fois en ville, il y aura toujours moyen de trouver quelqu'un qui puisse intervenir... Vincent a déjà entendu parler de ces exécutions sommaires et de corps mutilés découverts au bord d'une route, dans l'indifférence quasi générale. Il se rassure en se disant qu'ils n'oseront pas en sa présence...

Le camion ralentit et s'arrête. Vincent entend claquer des portières et des ordres aboyés dans cette langue qu'il ne comprend pas. Quelqu'un relève la bâche et les soldats sautent à terre. On est toujours en pleine brousse et le jour qui se lève jette une lumière ocre sur la piste bordée d'arbres et de plantes au feuillage exubérant. Deux hommes empoignent Antoine par les jambes et le tirent sans ménagements vers l'extérieur du véhicule. Le boy crie d'une voix aiguë qui donne la chair de poule à Vincent. Celui-ci tente de se relever mais une botte noire le repousse brutalement sur le plancher et l'y maintient. Il se débat mais ils se mettent à deux pour l'immobiliser. Il entend des piétinements au-dehors, des cris de colère et des hurlements de douleur. Et puis soudain le silence...

Des mains l'agrippent par sa chemisette dont une poche se déchire, il se retrouve assis à l'extrémité de la plate-forme. Il a la tête qui tourne. Le soleil est comme une grosse boule rouge, là-bas, au bout de la piste rectiligne et aride qui s'enfonce dans l'océan vert de la forêt tropicale. L'officier est là, de nouveau, il fixe Vincent derrière ses Ray-Ban aux verres très sombres.

— Cet imbécile a voulu s'enfuir...

Il n'en dit pas plus, il se détourne avec un air de mépris et regagne la Jeep de son pas nonchalant. Derrière lui, Vincent aperçoit un soldat qui tient une machette au bout de son bras. La longue et large lame est souillée de sang. Dix mètres plus loin, sur le talus qui borde la piste, on distingue deux jambes noires qui émergent des fourrés. L'une d'elles est repliée, comme celle d'un homme qui se serait étendu sur le dos pour dormir à l'ombre d'un fromager... Ce n'est pas vrai !... Ils n'ont pas osé, ils n'ont pas pu faire ça !...

Le camion redémarre. Vincent se cramponne aux

arceaux. Il a la bouche ouverte et des larmes sillonnent ses joues maculées de terre et de cambouis. Une sorte de hoquet silencieux secoue sa poitrine par intervalles. Ses yeux agrandis par l'horreur continuent à fixer le bas-côté et cette tache sombre qui fut son compagnon. Cette image reste gravée sur l'écran de sa rétine, bien longtemps après qu'elle se soit dissipée dans le nuage de poussière qui s'élève derrière le convoi.

Ils ne se sont même pas dit adieu...

Un silence lourd s'installa dans la grande pièce de la ferme. Vincent contemplait le feu qu'on allumait maintenant tous les soirs dans la grande cheminée. Depuis quelques jours, l'été avait provisoirement laissé la place à l'automne, et on entendait au-dehors le vent monter à l'assaut des chênes, solides remparts derrière lesquels s'abritaient la maison, la grange et les écuries.

Julie et François regardaient eux aussi vers les flammes, sans rien dire, comme si les mots avaient été inutiles et que cette convergence des regards en disait bien plus long et pouvait faire sentir à Vincent qu'ils étaient de tout cœur avec lui. Un long moment s'écoula, pendant lequel on n'entendit que le vent et le chuintement d'une bûche un peu humide. Ce fut Julie qui rompit le silence la première :

— Et tu as pu garder ça pour toi pendant tout ce temps ?

— Oui...

— Comment est-ce possible ?

— Je ne sais pas... Je ne voulais plus y penser. Aujourd'hui encore, je me dis que j'aurais dû faire quelque chose, que j'aurais peut-être pu éviter cette mort abominable. Peut-être...

Julie s'approcha et passa son bras autour des épaules de Vincent penché en avant, vers le feu qui projetait ses reflets sur son visage. Elle déposa un baiser rapide sur sa tempe.

— Tu n'as rien à te reprocher, ils l'auraient tué de toute façon. Et toi ? Tu n'as pas été inquiété par la suite ?

— Non, pas trop. J'ai payé, comme toujours. On m'a quand même cuisiné pendant deux jours, à l'ambassade. Ils étaient persuadés que je faisais partie d'un mouvement castriste. Ils ont fini par comprendre que je n'avais agi que par amitié... Enfin, je ne suis pas certain qu'ils aient vraiment compris.

François se leva, prit trois verres dans le buffet et les remplit à ras bord d'un alcool de poire qu'il ne sortait que dans les grandes occasions.

— Buvons, je crois que c'est ce qu'il y a de mieux à faire. Ton histoire m'a flanqué la chair de poule !

Vincent but son verre plus vite encore que les autres. Il laissa la chaleur de l'alcool exploser dans son ventre et irradier dans tous ses membres, en se mêlant à celle de la cheminée qui lui brûlait les joues. Il se tourna vers eux :

— Je vais bientôt vous quitter.

François l'avait pressenti, il attendait cette phrase depuis le début de la soirée. Il fit pourtant semblant de ne pas comprendre.

— Tu vas te coucher ? Déjà ?

— Non François, je vais partir. Pour de bon.

— Mais... Je croyais...

— Non, c'est fini. J'ai enfin compris combien j'étais ridicule. C'est bien mieux comme cela. Je peux imaginer ce que je veux, je peux me dire qu'elle n'a pas existé, que je l'ai inventée, qu'elle fait partie des légendes de la forêt. A moins que je ne la croise un jour, par hasard... Je sais que cet espoir absurde m'aidera à vivre.

François sentait que la partie était perdue d'avance, mais il insista encore :

— Et l'argent ? Et ce lot de jeunes poulains que nous venons d'acheter ? Je n'y arriverai jamais tout seul !...

— Gardez l'argent. C'est peut-être la première fois que j'ai l'impression de me rendre utile. Pour le reste, prends quelqu'un, je suis sûr qu'il existe des tas de gamins qui ne demandent qu'à vivre au milieu des chevaux.

— Facile à dire ! Et toi Julie ! Dis quelque chose, aide-moi à le retenir !

Julie sourit tristement.

— Tu sais bien que cela ne servira à rien, François. Vincent a décidé et je crois que je le comprends.

Vincent s'était emparé du tisonnier et rassemblait machinalement les braises. Il les écoutait parler de lui et ne disait rien. Tout avait été dit. Julie essayait de réconforter François, qui semblait prendre ce départ imminent comme un échec personnel.

— Tu n'y es pour rien, François. Les souvenirs d'enfance ne sont qu'un refuge précaire, on peut suivre leur trace mais jamais on ne les rattrape... Vincent reviendra peut-être un jour, plus tard. N'est-ce pas Vincent ?... Ce qui compte, c'est qu'il sache que nous l'aimons et qu'il y aura toujours une place pour lui dans cette maison.

Épilogue

Vincent s'installe sur son siège, côté couloir. Son voisin n'attend pas le décollage pour se plonger dans la lecture des dossiers qu'il a étalés sur la tablette repliable. Vincent y jette un coup d'œil discret, mais il ne comprend rien aux colonnes de chiffres et aux sigles obscurs qu'un ordinateur a craché sur le papier. C'est du sérieux ; ce n'est pas pour lui.

A gauche, un jeune garçon est assis près du hublot. Il ne tient pas en place et joue avec tous les boutons qui sont à sa portée. Il incline le siège, allume la petite lampe au-dessus de sa tête et met en marche la soufflerie, ce qui lui vaut un regard agacé du passager studieux qui va probablement faire une erreur dans ses additions.

Vincent ne compte plus le nombre de vols qu'il a effectués durant ces quatre dernières années. Depuis qu'il travaille pour cette agence qui promet à ses clients « une autre façon de découvrir le monde », Vincent a sillonné tous les continents et fait découvrir à ceux qui ont payé très cher pour le suivre les coins les plus reculés du globe. Il ne s'arrête jamais, il est toujours partant, pour n'importe quelle destination. Il ne discute jamais les détails du voyage ou les conditions de sa rémunération. Peu lui importe qu'on l'envoie au fin fond du Népal, dans les montagnes d'Afghanistan ou sur les rives du lac Athabasca, il ne demande qu'une chose : partir. Ses clients le trouvent généralement charmant, quoiqu'un peu triste par moments. Mais avec lui, lorsqu'on visite un pays lointain, on n'a pas l'impression de traverser un dépliant touristique ou un film publicitaire pour une marque de maillots de bain.

L'hôtesse remonte l'allée en souriant, pour vérifier que tout son petit monde est bien harnaché et que personne n'a besoin de ses services. Vincent la dévisage longuement et lui rend son sourire. Machinalement, il porte la main à sa poitrine, comme s'il voulait vérifier que la lettre est toujours là, pliée en quatre dans la poche intérieure de sa veste.

Elle est arrivée il y a six mois à l'agence, sans doute transmise par Julie et François à qui il envoie une carte postale de temps en temps. C'est une lettre écrite au stylo à bille sur un papier très ordinaire, par quelqu'un qui manifestement n'utilise pas fréquemment ce mode d'expression. Cette maladresse intimidée la rend encore plus touchante et Vincent connaît son contenu presque par cœur :

Cher monsieur,

J'espère que vous me pardonnerez d'avoir tant tardé. Plusieurs fois j'ai voulu vous rencontrer, mais au dernier moment le courage m'a manqué.

Vous ne me connaissez pas, mais nous aurions pu nous voir le jour où vous êtes venu chez André Delaunay. Je vous ai entendu vous disputer et j'ai compris à ce moment-là qui vous étiez. Vous vous demandez sans doute qui peut ainsi vous écrire, après tout ce temps, et depuis ce pays que vous cherchez sans doute à oublier. Sachez seulement que je me prénomme Madeleine et que je suis la maman d'Hélène.

Je sais que vous allez être étonné et peut-être m'en vouloir, mais je préfère tout vous dire aujourd'hui, de très loin, seule devant cette feuille de papier.

Hélène m'avait raconté, bien des années après, cet été mille neuf cent cinquante-quatre. Elle n'a jamais été la même par la suite et je crois que ce que vous avez vécu n'arrive que très rarement dans une vie. Elle a toujours pensé que vous aviez fini par découvrir qu'elle vous avait menti, et que c'était la raison pour laquelle vous n'étiez jamais revenu. A vous voir tourner autour de la Rouvraie et poser des questions à droite et à gauche, j'ai compris que vous ne saviez rien. Je me sens maintenant coupable et je me dis que la petite a souffert de ma conduite.

Elle vous a menti parce qu'elle n'est pas la fille de Gilbert Crespin-Delaunay ; elle est l'enfant illégitime née de ma liaison avec Joseph, le père de Gilbert. Je ne suis qu'une modeste employée de maison et, pour certains, je n'ai agi que par intérêt. Je vous demande de ne pas me juger et je veux que vous sachiez que l'amour que j'ai connu avec cet homme admirable restera plus fort que toutes les médisances. Si ce n'était pour Hélène, je crois que je ne regretterais rien.

Joseph a toujours été très bon pour nous, et je suis restée à son service jusqu'à sa mort. Bien sûr, après, les choses ont changé et nous avons dû quitter la Rouvraie. C'est depuis cette époque que je travaille chez son frère, André.

Vous comprendrez que toutes ces choses ne sont pas faciles à dire et que j'ai préféré les écrire plutôt que de vous les avouer de vive voix.

Je n'ai pas revu ma fille depuis très longtemps ; elle a quitté la région il y a bientôt vingt ans. J'ai de ses nouvelles de temps en temps lorsqu'elle m'envoie une petite carte à l'occasion d'une de ses lointaines escales. Je ne sais que trop pour quelle raison, Hélène n'a jamais voulu s'installer dans la vie et fonder une famille. Elle a choisi de voyager à travers le monde et c'est pourquoi elle a préféré devenir hôtesse de l'air. Je ne lui en veux pas d'être partie et j'espère qu'elle finira par trouver le bonheur, même si c'est à l'autre bout de la terre.

Je ne crois pas que cela soit une bonne chose d'essayer de la retrouver, tellement d'années se sont écoulées !... Je souhaite que vous gardiez d'elle cette image d'enfant, et soyez certain qu'elle non plus ne vous a pas oublié.

Quelquefois je me dis que la vie aurait pu être tellement différente si je n'avais pas rencontré Joseph. Mais il ne sert à rien de s'apitoyer sur son sort et de vouloir gommer le passé.

Sans vous connaître, je suis sûre que vous pourrez me comprendre et me pardonner. Je vous dis adieu, donc, en vous assurant que mes pensées iront souvent vers vous.

Une fois de plus, l'hôtesse tire Vincent de sa rêverie. Il la fixe intensément, avec au coin des lèvres un petit sourire énigmatique qui la fait rougir. Elle ne saurait dire pourquoi, mais cet homme n'est pas un passager comme les autres. Il a au fond des yeux une lueur indéfinissable qui donne spontanément envie de le connaître et de se confier à lui.

— Vous désirez boire quelque chose, monsieur ?

— Volontiers. Quelque chose de très fort, si c'est possible... Et dites-moi, avez-vous déjà goûté une pastilla au pigeon ?

— ... Non, pourquoi ?

— Parce que ce soir, je vous invite. Je connais un restaurant dans la médina où on la prépare merveilleusement. Faites-moi confiance, vous n'avez jamais rien mangé d'aussi bon.

ROMANS DE TERROIR CHEZ POCKET

ANGLADE Jean
La bonne rosée
Le jardin de Mercure
Un parrain de cendre
Les permissions de mai
Qui t'a fait prince?
Le tilleul du soir
Le tour de doigt
Les ventres jaunes
Le voleur de coloquintes
Une pomme oubliée
Y'a pas de bon Dieu
La soupe à la fourchette
Un lit d'aubépine
La maîtresse au piquet

ARMAND Marie-Paul
La courée
  tome 1
  tome 2, Louise
  tome 3, Benoît
La maîtresse d'école

BIÉVILLE Clémence de
L'été des hannetons

BORDES Gilbert
L'angélus de minuit
Le porteur de destins
Le chasseur de papillons
La nuit des hulottes
Le roi en son moulin
Le chat derrière la vitre
Un cheval sous la lune
Ce soir, il fera jour

BRADY Joan
L'enfant loué

CARRIÈRE Jean
L'épervier de Maheux

CORNAILLE Didier
Les labours d'hiver

COULONGES Georges
La liberté sur la montagne
La fête des écoles
La Madelon de l'an 40
L'enfant sous les étoiles

HUMBERT Denis
La Malvialle
Un si joli village

JEURY Michel
La source au trésor
L'année du certif

MAZEAU Jacques
Le pré aux corbeaux

MICHELET Claude
Des grives aux loups
Les palombes ne passeront plus
L'appel des engoulevents
Cette terre est la vôtre
La grande muraille
J'ai choisi la terre
Rocheflame
Une fois sept
Vive l'heure d'hiver
La nuit de Calama
Histoire des paysans de France
1. Les promesses du ciel et de la terre
2. Pour un arpent de terre
3. Le grand sillon

MICHELET Claude et Bernadette
Quatre saisons en Limousin

MULLER Marie-Martine
Terre mégère
Les amants du Pont d'Espagne
Froidure, le berger magnifique

PEYRAMAURE Michel
Les tambours sauvages
Les flammes du paradis
L'orange de Noël

Les demoiselles des écoles
Pacifique Sud
Louisiana

Sand George
La mare au diable
La petite Fadette

Seignolle Claude
Le diable en sabots
La malvenue
Marie la Louve
La nuit des halles
Le rond des sorciers

Signol Christian
Les cailloux bleus
Les menthes sauvages
Adeline en Périgord
Les amandiers fleurissaient rouge
L'âme de la vallée
Antonin, paysan du Causse
Les chemins d'étoile
Marie des Brebis
La rivière Espérance
Le royaume du fleuve
L'enfant des terres blondes

Tillinac Denis
L'été anglais
L'hôtel Kaolack
L'Irlandaise du Dakar
Maisons de famille
Le jeu et la chandelle
Dernier verre au Danton

Viollier Yves
Les pêches de vignes
Les saisons de Vendée

ÉGALEMENT CHEZ POCKET
LITTÉRATURE « GÉNÉRALE »

ALBERONI FRANCESCO
Le choc amoureux
L'érotisme
L'amitié
Le vol nuptial
Les envieux
La morale

ARNAUD GEORGES
Le salaire de la peur

BARJAVEL RENÉ
Les chemins de Katmandou
Les dames à la licorne
Le grand secret
La nuit des temps
Une rose au paradis

BERBEROVA NINA
Histoire de la baronne Boudberg
Tchaïkovski

BERNANOS GEORGES
Journal d'un curé de campagne
Nouvelle histoire de Mouchette
Un crime

BESSON PATRICK
Le dîner de filles

BLANC HENRI-FRÉDÉRIC
Combats de fauves au crépuscule
Jeu de massacre

BOULGAKOV MIKHAÏL
Le maître et Marguerite
La garde blanche

BOULLE PIERRE
La baleine des Malouines
L'épreuve des hommes blancs
La planète des singes
Le pont de la rivière Kwaï
William Conrad

BOYLE T. C.
Water Music

BRAGANCE ANNE
Anibal
Le voyageur de noces
Le chagrin des Resslingen

BRONTË CHARLOTTE
Jane Eyre

BURGESS ANTHONY
L'orange mécanique
Le testament de l'orange

BUZZATI DINO
Le désert des Tartares
Le K
Nouvelles (Bilingue)
Un amour

CARRIÈRE JEAN
L'épervier de Maheux

CARRIÈRE JEAN-CLAUDE
La controverse de Valladolid
Le Mahabharata
La paix des braves
Simon le mage

CESBRON GILBERT
Il est minuit, Docteur Schweitzer

CHANDERNAGOR FRANÇOISE
L'allée du roi

CHANG JUNG
Les cygnes sauvages

CHATEAUREYNAUD G.-O.
Le congrès de fantomologie
Le château de verre
La faculté des songes

CHOLODENKO MARC
Le roi des fées

CLAVEL BERNARD
Le carcajou

Les colonnes du ciel
1. La saison des loups
2. La lumière du lac
3. La femme de guerre
4. Marie Bon pain
5. Compagnons du Nouveau Monde

Courrière Yves
Joseph Kessel

David-Néel Alexandra
Au pays des brigands gentilshommes
Le bouddhisme du Bouddha
Immortalité et réincarnation
L'Inde où j'ai vécu
Journal, tome 1 et tome 2
Le Lama aux cinq sagesses
Magie d'amour et magie noire
Mystiques et magiciens du Tibet
La puissance du néant
Le sortilège du mystère
Sous une nuée d'orages
Voyage d'une Parisienne à Lhassa
La lampe de sagesse
La vie surhumaine de Guésar de Ling

Deniau Jean-François
La Désirade
L'empire nocturne
Le secret du roi des serpents
Un héros très discret
Mémoires de 7 vies

Fernandez Dominique
Le promeneur amoureux

Fitzgerald Scott
Un diamant gros comme le Ritz

Forester Cecil Scott
Aspirant de marine
Lieutenant de marine
Seul maître à bord
Trésor de guerre
Retour à bon port
Le vaisseau de ligne
Pavillon haut
Le seigneur de la mer
Lord Hornblower
Mission aux Antilles

France Anatole
Crainquebille
L'île des pingouins

Franck Dan/Vautrin Jean
La dame de Berlin
Le temps des cerises
Les noces de Guernica
Mademoiselle Chat

Genevoix Maurice
Beau François
Bestiaire enchanté
Bestiaire sans oubli
La forêt perdue
Le jardin dans l'île
La Loire, Agnès et les garçons
Le roman de Renard
Tendre bestiaire

Giroud Françoise
Alma Mahler
Jenny Marx
Cœur de tigre
Cosima la sublime

Grèce Michel de
Le dernier sultan
L'envers du soleil – Louis XIV
La femme sacrée
Le palais des larmes
La Bouboulina

Hermary-Vieille Catherine
Un amour fou
Lola

Inoué Yasushi
Le geste des Sanada

Jacq Christian
L'affaire Toutankhamon
Champollion l'Egyptien
Maître Hiram et le roi Salomon
Pour l'amour de Philae
Le Juge d'Egypte
1. La pyramide assassinée
2. La loi du désert
3. La justice du Vizir
La reine soleil
Barrage sur le Nil
Le moine et le vénérable
Sagesse égyptienne

Ramsès
1. Le fils de la lumière
2. Le temple des millions d'années
3. La bataille de Kadesh
4. La dame d'Abou Simbel
5. Sous l'acacia d'Occident

JOYCE JAMES
Les gens de Dublin

KAFKA FRANZ
Le château
Le procès

KAZANTZAKI NIKOS
Alexis Zorba
Le Christ recrucifié
La dernière tentation du Christ
Lettre au Greco
Le pauvre d'Assise

KESSEL JOSEPH
Les amants du Tage
L'armée des ombres
Le coup de grâce
Fortune carrée
Pour l'honneur

LAINÉ PASCAL
Elena

LAPIERRE ALEXANDRA
L'absent
La lionne du boulevard
Fanny Stevenson

LAPIERRE DOMINIQUE
La cité de la joie

LAPIERRE DOMINIQUE
et COLLINS LARRY
Cette nuit la liberté
Le cinquième cavalier
Ô Jérusalem
... ou tu porteras mon deuil
Paris brûle-t-il ?

LAWRENCE D.H.
L'amant de Lady Chatterley

LÉAUTAUD PAUL
Le petit ouvrage inachevé

LEVI PRIMO
Si c'est un homme

LEWIS ROY
Le dernier roi socialiste
Pourquoi j'ai mangé mon père

LOTI PIERRE
Pêcheur d'Islande

MAURIAC FRANÇOIS
Le romancier et ses personnages
Le sagouin

MESSINA ANNA
La maison dans l'impasse

MICHENER JAMES A.
Alaska
1. La citadelle de glace
2. La ceinture de feu
Caraïbes (2 tomes)
Hawaii (2 tomes)
Mexique
Docteur Zorn

MIMOUNI RACHID
De la barbarie en général et de l'intégrisme en particulier
Le fleuve détourné
Une peine à vivre
Tombéza
La malédiction
Le printemps n'en sera que plus beau
Chroniques de Tanger

MONTEILHET HUBERT
Néropolis

MONTUPET JANINE
La dentellière d'Alençon
La jeune amante
Un goût de miel et de bonheur sauvage

MORGIÈVRE RICHARD
Fausto
Andrée
Cueille le jour

Nakagami Kenji
La mer aux arbres morts
Mille ans de plaisir

Nasr Eddin Hodja
Sublimes paroles et idioties

Nin Anaïs
Henry et June (Carnets secrets)

Perec Georges
Les choses

Queffelec Yann
La femme sous l'horizon
Le maître des chimères
Prends garde au loup
La menace

Radiguet Raymond
Le diable au corps

Ramuz C.F.
La pensée remonte les fleuves

Rey Françoise
La femme de papier
La rencontre
Nuits d'encre
Marcel facteur

Rouanet Marie
Nous les filles
La marche lente des glaciers

Sagan Françoise
Aimez-vous Brahms..
... et toute ma sympathie
Bonjour tristesse
La chamade
Le chien couchant
Dans un mois, dans un an
Les faux-fuyants
Le garde du cœur
La laisse
Les merveilleux nuages
Musiques de scènes
Répliques
Sarah Bernhardt
Un certain sourire
Un orage immobile
Un piano dans l'herbe
Un profil perdu
Un chagrin de passage
Les violons parfois
Le lit défait
Un peu de soleil dans l'eau froide
Des bleus à l'âme

Salinger Jerome-David
L'attrape-cœur
Nouvelles

Stocker Bram
Dracula

Tartt Donna
Le maître des illusions

Troyat Henri
Faux jour
La fosse commune
Grandeur nature
Le mort saisit le vif
Les semailles et les moissons
1. Les semailles et les moissons
2. Amélie
3. La Grive
4. Tendre et violente Elisabeth
5. La rencontre

La tête sur les épaules

Vialatte Alexandre
Antiquité du grand chosier
Badonce et les créatures
Les bananes de Königsberg
Les champignons du détroit de Behring
Chronique des grands micmacs
Dernières nouvelles de l'homme
L'éléphant est irréfutable
L'éloge du homard et autres insectes utiles
Et c'est ainsi qu'Allah est grand
La porte de Bath Rahbim

Wallace Lewis
Ben-Hur

Waltari Mika
Les amants de Byzance
Jean le Pérégrin

Achevé d'imprimer en juin 1998
sur les presses de l'Imprimerie Bussière
à Saint-Amand (Cher)

POCKET - 12, avenue d'Italie - 75627 Paris Cedex 13
Tél. : 01-44-16-05-00

— N° d'imp. 1432. —
Dépôt légal : juin 1998.

Imprimé en France